# 上岭村编年史

凡一平◎著

中国青年出版社

（京）新登字 083 号

图书在版编目（CIP）数据

上岭村编年史 / 凡一平图书 . -- 北京：中国青年
出版社，2018.6
ISBN 978-7-5153-5162-9

Ⅰ . ①上… Ⅱ . ①凡… Ⅲ . ①短篇小说 - 小说集 - 中
国 - 当代 Ⅳ . ① I247.7

中国版本图书馆 CIP 数据核字（2017）第 122617 号

责任编辑　　侯群雄　叶栩乔
装帧设计　　刘红刚
内文设计　　李　平
出版发行　　中国青年出版社
社　　址　　北京东四十二条 21 号　　邮政编码：100708
网　　址　　www.cyp.com.cn
门 市 部　　010-57350370
编 辑 部　　010-57350401
印　　刷　　鸿博昊天科技有限公司
经　　销　　新华书店
规　　格　　880×1230　1/32
印　　张　　6.5
字　　数　　120 千字
版　　次　　2018 年 7 月北京第 1 版
印　　次　　2018 年 7 月北京第 1 次印刷
定　　价　　38.00 元

　　凡一平，本名樊一平，壮族。1964年生，广西都安县上岭村人。先后毕业于河池师专、复旦大学中文系。广西民族大学硕士研究生导师，八桂学者文学创作岗成员，第十二、十三届全国人大代表，广西省作家协会副主席。

　　上世纪九十年代中以来，出版有长篇小说《跪下》《顺口溜》《上岭村的谋杀》《天等山》等六部，小说集《撒谎的村庄》等八部。曾获铜鼓奖、独秀奖、百花文学奖、《小说选刊》双年奖等。长篇小说《上岭村的谋杀》《天等山》等被翻译成瑞典文、越南文、俄文等出版。

　　根据小说改编的影视作品有：《寻枪》《理发师》《跪下》《最后的子弹》《宝贵的秘密》《姐姐快跑》等。

# 目录

一

丙申年记

# 一

上岭村有人要娶亲了。

娶亲的人是蓝能跟，一个四十五岁的光棍。但娶亲之后，他就不是光棍了。

蓝能跟有个弟弟，叫蓝能上，是一个美国人，或者说，是一个定居美国的上岭人。他二十三岁赴美留学，然后留美工作，已经十七年了。

蓝能上从美国给哥哥蓝能跟带回一个女人，做嫂子。

上岭村炸了天。从消息走小道悄悄散布开始，村庄就像一个漏进阳光雨露的洞穴，明朗而滋润。这个村庄太缺少女人了，十个男人八个光棍，就像普遍没有授粉的庄稼，虽苗壮成长却颗粒无收。都说男人做光棍的原因是穷，穷的原因是懒和好赌——上岭村几乎人人会赌，麻将、扑克的各种赌法，老中青幼，没有不会的。当然其他村庄的人也有赌的，只不过上岭村赌风更甚。它像一个磁场或者博彩中心，吸引着四面八方的人来赌，人称"小澳门"。但这个"小澳门"

很惨，外来人不仅卷走了所有的钱，还让众多"小澳门人"背上了或多或少的债务。整个村庄经济萧条，鸡鸣狗盗。这种惨状，还会有什么女人敢嫁上岭村的男人呢？自然是极少的。

蓝能跟也会赌，但是他不赌。别人赌的时候，他看着，却从不参与，就像霍元甲小时候，看别人练武，师父也不教，照样学得武艺，却不肯出手。有人可惜并指责蓝能跟辜负了一个赌性十足的名字，能跟不跟，不是奇人就是个傻卵。

不赌的男人也讨不到老婆，这跟赌的男人讨不到老婆有什么不一样？

蓝能跟讨不到老婆是因为丑。丑得可怕。

关于蓝能跟丑到什么程度，如今的青少年都能回忆起他们小的时候，一旦哭闹，父母只要一提到蓝能跟的名字，立马就不哭不闹了。还有，小孩问鬼是什么样子的时候，大人就会说是蓝能跟那个样子。本村和邻村有妇女但凡生了怪异的小孩，都归罪于生前遇见或梦见蓝能跟了，而蓝能跟也认可，都尽可能地送上一笔钱，算是赔罪。

蓝能跟原来是不丑的。在三十岁之前，他是个壮实而英俊的汉子。高中的时候，有不少比他早熟的女生暗恋他。他的书本常常夹有五元、十元的钞票以及诗情画意的卡片，都不知道是谁送的，或者是装作不知道。那时候的蓝能跟父母双亡，悲苦至极，哪有心思谈情说爱。他满脑子只有两个问题：弟弟怎么办？我怎么办？为了保证刚读初中的弟弟能正常上学，蓝能跟选择了辍学，高中没毕业就打工去了。他到南丹当了一名矿工。矿工比其他工种能多挣钱，就是苦和累，还比较危险。但蓝能跟一心只想挣钱，辛苦劳累和生命危险他都置之脑后。他在矿山一干就是十一年多，直到惊天动地的一次瓦斯爆炸。

瓦斯爆炸的时候，弟弟蓝能上已经去美国留学两年了。他在加利福尼亚大学读硕士，研究人工智能。哥哥死里逃生重度伤残，他是在事故发生一年半以后才知道的。不幸中万幸的消息为什么姗姗来迟，一是因为当地政府瞒报，二也是因为哥哥轻描淡写、只报喜不报忧。他昏迷醒来的第一件事，就是不允许把事件和他的情况通知弟弟。事实上也没有任何人能通知他的弟弟，他是唯一能联络上他弟弟的人。他请病友帮忙给弟弟发手机短信报平安，只说事故中伤了点皮毛，没什么大碍。弟弟也傻，信以为真。直到又过了三年，弟弟回国回家，见到面目全非的哥哥，方才痛心疾首、肝胆欲裂。

哥哥已经变得没有人样。他的整个脸部和头部被火烧得严重畸形，鼻子、嘴巴、耳朵以及皮肉几乎完全看不清分不明，像是一团烤焦了的肉馍。他的上半身也有烧伤，前胸后背疤痕凹凸不平，此起彼伏，像是丘壑纵横的沙盘。幸好他还能直立行走，手能干活，也能说话，让弟弟相信他还是个人。

看着可怜兮兮的哥哥，想着哥哥这么多年的奉献和牺牲，弟弟蓝能上决定辞掉已在美国找到的工作，留在国内，以便照顾哥哥。但是哥哥蓝能跟怎么可能允许呢？绝不允许。他说能上，你不回美国去，是在逼我自杀。我死了你就没有了后顾之忧，总之我死活都要你回美国去。你是愿我死还是愿我活？弟弟边做抉择边照顾了哥哥一段时间，然后回美国去了。

再度赴美之后，弟弟蓝能上有过两次回国，包括今年这次。

上次回国是五年前，春节。三十五岁的弟弟出现在上岭村，探望四十岁的哥哥。他的这次探亲，有一个重要的任务，或者说责任，是给哥哥讨一个老婆。蓝能上现在已经非常有钱。他以为有钱，就一定能实现愿望。在这之前的两年，他已经出资五十万元，建起了新房。三层洋楼在上岭村不算最高，但因为设计、装潢别具一格，却是最出众、最有品相的一幢，像是鸡群里的孔雀。亲事未动，房子先行。蓝能上以为并且相信，凭着一幢出类拔萃的房屋，一定能为哥哥招来一名新娘。

然而事与愿违，弟弟蓝能上在高大上的房屋运作了一个月，精诚求告，挥金如土，也没有一个女人愿意嫁给哥哥蓝能跟。钱财在丑的面前无能、无力，像是火遭遇水，船碰撞了礁石。

看着比自己还沮丧的弟弟，哥哥安慰说，能上，算了，钱都不能使鬼推磨了，你就别再费劲。赶紧回美国去，结婚成家吧。

蓝能上说，不，我立过誓的，哥哥不结婚，我就不结。

蓝能跟说，你对哥哥的誓言算什么，撤销了吧。你不成家，我们蓝家就没有后，这是大事。蓝家的香火，就指望你了。

哥哥的后半句话，说服了弟弟。他很快回到美国，并且很快结了婚。妻子是个美籍华裔，在美国出生，学中文的时候与蓝能上认识的，等于嫁给了自己的老师。妻子相当性感、漂亮，让当丈夫的蓝能上总是有无穷无尽的欲望。每次与妻子云雨之后，蓝能上必定想念自己的哥哥。哥哥也是个男人呀，他怎么会不想女人呢？他怎么能没有女人呢？我现在拥有的幸福生活，难道不是哥哥给的吗？难道不是建立在哥哥的痛苦之上吗？哥哥不能没有女人，无论如何，我一定要给哥哥找个女人！

这不，蓝能上给哥哥蓝能跟带回了一个女人。

离春节还有十天，蓝能上出现在南宁机场。他租了一辆房车，亲自驾驶，从机场奔往上岭村，于傍晚的时候到达。

哥哥这天没有去赌博点观赌，他像是预感到弟弟会来，从下午就在房屋的露台上喝茶，时不时站起来瞭望一番。他看见一辆豪车开来，在夕阳中闪闪发光，像一把银梭。他断定不是赌客，也不是回来过年的在外打工的村人，而只有骄傲的弟弟才配坐这样的豪车。

豪车停在自家门口，从车上下来的却只有弟弟一个人。

"弟妹呢？我侄子呢？"蓝能跟问。

"他们不回。"蓝能上说。他取下部分行李，然后摁动车钥匙上一个按键，车门自动关闭。

哥哥当然失望，等待弟弟解释。弟弟去了一趟厕所，又洗了一把脸，回来接过哥哥递的茶水。茶水喝完了，也没有解释。哥哥就想，一定是因为自己太丑，弟妹和侄子回来，弟弟怕吓着他们。他认为他的这个想法是成立的。

弟弟从包里取出了很多的相片，递给哥哥。

蓝能跟一一看着照片。照片上，是美丽的弟妹、漂亮的侄子以及亲爱的弟弟在美国家中、户外的合影和独照。一幅幅照片，像蝴蝶、蜻蜓，在蓝能跟眼前飞舞。蓝能跟眼含热泪，看了又看。

蓝能上把哥哥手上的照片全部收走，放在一边。然后，他递上了另外一张照片。

这是一个女人的照片。照片上的女人比弟妹还要漂亮十倍。

蓝能跟问弟弟："这是哪个？"

"喜欢吗？"弟弟问。

哥哥微微一笑，说："跟我有什么关系，和我又没关系。"

"哥，你肯定你喜欢她？"

"谁不喜欢。"哥哥说。他忽然把照片还给弟弟，像是看着难受。

弟弟把照片又推回来："那她就做我的嫂子，哥。"

哥哥大惊，犹如晴天听到霹雳："开什么玩笑，这怎么可能？"

"真的，哥。"

"人家愿意？"

"愿意。"

哥哥看着弟弟，盯着他的眼睛。他的眼睛清冽得像没有鱼的泉，不像是骗人。

"哪里人呀？"蓝能跟问。

"中国人。但是是从美国过来的。"

蓝能跟有点蒙："人呢？"

"就在车上。"

"我看见车上不就你一个人吗？"

"我藏起来了，不让你看见而已。"

"那赶紧请人下车呀，"蓝能跟说，"在车上多闷呀！"

蓝能上拦住正欲起身的哥哥："哥，你先别急。等我跟你详细地说明，再请她下来。"

"这样好吗？不好吧。"蓝能跟说，他觉得把人扔在车上是失礼的行为，要尽快结束这种行为。

"没事的，哥。她不怕闷，能忍。从美国到这里，一万多公里，几十个小时，忍过来了，不差这一会儿，"蓝能上说，"但是我必须详细地跟你说明，才能请她下来。这很重要，非常重要。"

蓝能跟见弟弟态度坚决，便说："那你快说吧。"

蓝能上没有迟疑，像是早有准备，开始说明："哥，我带来的这位嫂子，不是一般的女人。可以说，是一位特殊的女人。她跟常见的或者说跟普通的女人不一样，但又有一样的地方。先说不一样。第一，她不吃东西，就是说，肉呀饭呀青菜呀，等等，荤的素的都不吃，也不喝水。第二，她不能生孩子。不能为哥生孩子，我感到很遗憾。但是她可以照顾哥哥，简单地照顾，比如提醒哥哥到时间吃饭、睡觉、起床呀之类，都可以。第三，她不会吵架。也就是说，你做错了什么，她不会反抗，只会顺从。所以哥哥你要尽量避免犯错。第四，她不会老，永远像照片上一样年轻、漂亮。这是主要不一样的四点。下面是一样的地方，主要也是四点。第一点，她会说话，普通话、英语都会。她还会唱歌，你叫她唱歌，她就给你唱。第二点，她有温度，也就是说，她的身体也可以是冰凉的，也可以是暖热的。你理会她的时候，她便是热的，不理会她的时候，便是冷的。第三点，她爱美，喜欢干净。第四点，也是最重要的一点，她能给男人带来快乐。男人，就是丈夫吧，只要有欲求、有冲动，她就会顺从，让你得到满足。哥，你懂我的意思吗？"

蓝能跟一面听着一面想象、揣摩，点了点头，像是领会了弟弟的讲话精神和意图，也像是接受了弟弟给他带来的特殊的女人。

"她叫什么名字？"

"美伶。美国的美，伶，单人旁一个命令的'令'。"

"美国的女人，是这意思吗？"高中文化的哥哥说。

"但相貌是我们中国女人的相貌，黄种人。哥，不喜欢这名字我们可以改。"弟弟说。

"不改。"哥哥说。

"那……我们现在就去请嫂子？"弟弟对哥哥做了一个请的手势。

两兄弟来到车边，打开车门，只见车厢中央有一个巨大的箱子。箱子上写着外文。哥哥、弟弟先后上车，小心翼翼将箱子挪动，从车上搬下，再移进家。

"拆箱后，还要安装。哥，你最好回避一下。妥当后我叫你。"蓝能上说。

哥哥蓝能跟乖乖地出了家门。他在自家房屋附近徘徊，不敢走远，也不想走远。这幢耗资五十万元其实价值远远超过五十万元的别墅，就要进驻女主人了。她叫美伶，将是我的女人。我终于有女人了！蓝能跟心想。虽然眼下只是看到美伶的照片，但已足够让中年男人蓝能跟心潮澎湃、欲火中烧。要知道，蓝能跟至今都没有与女人有过男女之事，也就是说他中年之躯却依然是童男子呀。他熬了那么多年，终于熬到了头，迎来了渴望的女人。虽然这是一个特殊的女人，蓝能跟从弟弟的讲解中也大致明白这是一个怎样特殊的女人，他从网上也看到过对这种特殊女人的宣传，说白了就是性爱机器人。蓝能跟当时看到居然有这等与女人功能一模一样的人的时候，是狠狠地激动和想入非非了一阵子的。这是多么适合我这种男人的女人呀，她可以用钱买到，她不会惧怕、嫌弃我的丑陋。她不会生孩子更好，因为如果有孩子，面对一个丑得像鬼一样的父亲是一件多么恐怖的事情，蓝能跟想。蓝能跟不承想这种适合他的女人会走入他的生活，简直是为他量身打造的。谢天谢地，这种望尘莫及、望而却步的女人竟然真真切切地来到他身边，被他拥有。老天是有眼的，地也是长着灵心的，看到了我这个可怜的男人，感觉到了我这种男人的欲求。谢谢了！蓝能跟忽然扑通跪下，叩拜天地。天顿时下起了雨，地上的草木晃动了起来。哗啦啦的声响像一百副麻将同时搅动，此刻更像山中飞禽走兽欢欣雀跃的鸣叫。

弟弟蓝能上安装、调校和布置完毕，唤回了哥哥。他把哥哥带进主卧，那也是哥哥的卧室。一个女人在床上坐着，罩着红盖头。她身着白色的裙子，露着纤长的双臂，手掌规矩地搁在两边的膝盖上，并拢的腿脚稍微地歪斜，看上去端庄、优雅。

蓝能跟愣愣地站在那儿，看着几步之遥的床上的女人，不知所措。弟弟蓝能上也没有进一步教导，他似乎觉得已经没有教导的必要。哥哥是个生理正常的男人，还有高中文化。知识的启蒙和本能的驱动，相信哥哥一定能无师自通，何况枕头边，还放着一本中文版的使用指南。或许是因为弟弟还在身边，哥哥才止步不前。聪明的弟弟意识到了这一点，他从背后推了哥哥一把，然后退出卧室，关上房门。

蓝能上离开这幢房屋，彻底地不让哥哥受外人影响。

屋外雨还在淅沥沥地下着。他进入租借来的车辆，闭门锁车，只让天窗撑开一条斜缝。他躺在放倒的椅子上睡觉。数年的焦虑和几十个小时的奔波，使他身心疲惫。现在，他似乎可以放松了。是的，他很快进入了梦乡。他在上岭梦见了上岭，在哥哥的附近梦见哥哥。他梦见哥哥正在掀开"嫂子"的红盖头，像各种庆典的揭幕一样，充满喜气。"嫂子"的美貌果然让哥哥惊喜万分，与照片毫无二致，只有过之而无不及。因为这可是具体的立体的女人呀。她肤白皮嫩，光滑温润，犹如凝脂。她的眼睛又大又圆，闪烁着温柔的光泽。她的声音甜美，像世间最好乐器的集成。她的言语更加动听，句句直抵哥哥心坎，令哥哥陶醉和亢奋。哥哥情不自禁拥抱、占有美丽的新娘，像石痴打磨、把玩绝世罕见的美玉。远嫁上岭的美伶也顺从地迎合、服侍自己的男人，名义上说就是自己的丈夫。像是对健壮阳刚、孔武有力的丈夫十分满意，她发出愉快的呻吟。呻吟声挑逗、刺激着征服欲与成就感俱强的哥哥，让他备受鼓舞、增添能量。他像一匹埋没多年终于扬蹄的千里马，奋力驰骋，永不停歇。

蓝能上从车上醒来起身的时候，天已大亮。雨后的村庄碧空如洗，阳光明媚。神清气爽的蓝能上站在家乡的土地上，像一株适逢风调雨顺的果树。他长久伫立，忘乎所以，像是忘记了哥哥的存在。

忘记弟弟存在的，恰恰是哥哥。夜以继日、深耕插播的蓝能跟想起弟弟的时候，已近中午。他如雷轰顶，慌忙地冲出卧室……在河边找到正在闭目养神的弟弟。他在弟弟面前低头认错，像一个罪人。

弟弟自然不会责怪哥哥。哥哥迟迟的出现，正是弟弟希望的结果。这一行为表明，哥哥和弟弟带来的女人，已经水乳交融，甚至密不可分。

果然，在短暂的寒暄之后，哥哥对弟弟说："能上，我们得请酒，让村里的人知道，我蓝能跟娶亲了，有老婆了。"

蓝能上吃了一惊。

"把一个女人藏在家里，不声不吭，不明不白，会有很多闲话，说不堂正。"蓝能跟补充说，"总要给人家一个名分吧。再说，有了名分以后，才真正是你嫂子对吧？"

哥哥短暂的时间做的临时决定，却像是登高望远，深思熟虑，令弟弟不得不信服。

"要请那就大请，让十里八乡的人都知道。"蓝能上干脆利落地说。

## 二

喜酒在腊月二十八隆重举办。一百三十桌规模的宴席在上岭村史无前例。本村六百号人是全请，其余是其他村屯和外乡的亲戚、熟人，以及蓝能跟、蓝能上兄弟俩的中小学同学、老师。凡是请到的，几乎没有不来。绝大多数人与其说是来贺喜的，还不如说是来看稀奇的，要看看奇丑无比的蓝能跟到底讨了个什么样的老婆？又是怎样愚蠢残障的女人嫁给蓝能跟？当然，少数人是冲着蓝能上的面子和光环来的，这可是个美国名牌大学的博士、科学家，他哥哥的婚庆，被请到则是荣幸。

宴席摆满别墅的里里外外，都还不够。好在是流水席，前来的客人都没有等候太久。还有两天就是春节，吃喝的宾客都不便也不愿久留，有的入座都不吃，直接捡自己的份子打包。又因为腊月二十八是良辰吉日，婚庆很多，不少人还得赶二场、三场。当然有的人来蓝家的时候，已经是第三场了。

重点是看新娘。

因为人来人往，新娘总不可能人来必现身。她坐在屋子的厅堂正中，任由别人来看。新娘极其漂亮、聪颖的消息一经传出，踊跃观看的人便挤得水泄不通。如果在城市和大酒楼，可以在外面安个LED视频，满足看客的稀罕。但这是农村，想要一睹为快，只能积极努力或者等候。

不管看客有多少人，时间多长，美丽的新娘总是面带微笑、彬彬有礼。她几乎不间断地向来人挥手致意，落落大方地反复地说你好、大家好的客套话。那还能怎么样，这样已经非常难得了。目睹新娘的人或轻松或难过地走了，因急事要走的人只能遗憾地离开。但见着和没见着的人，都发出同样的感叹：千古奇缘啊！

上岭村的人得天独厚，占有地利和时间，所以多数人并不着急，何况不少人在婚庆前，已经见过新娘了。这不少人中的多数，在婚庆前几天就在蓝家开始帮忙，对新娘更是看得清楚。这个女人就是好看得不得了，又温柔懂事、知书达理。蓝能跟讨得这样的女人，一定是前世修有阴功，今世又经历大难，终有大福。而这美好的信息，正是这些帮忙的人传出去的。它像长了翅膀，飞进各家各户，也投入如火如荼的赌桌上。春节前后，往往是赌博最酣、最激烈的时候。留守的人企图在此一搏，又有在外打工归来的人踊跃加入，使得赌博大军前赴后继、浩浩荡荡。村庄的各个赌点人满为患。外归的人为赌场注入了大量新的资金，让无数人垂涎三尺、虎视眈眈，更重要的是让绝望的人看到希望，像尸陈如山的阵地，来了援兵。所以，即使蓝能跟讨得漂亮老婆这么重大的消息传到赌场，也没有几人愿意从赌桌撤退。赌博是首要的任务，喜酒终归是要喝的，新娘也是必定要见的，只是晚点的问题。

下午的时候，陆陆续续来了本村的人，他们要么是赢了钱的，要么是输了精光的，从表情就能看得出来。赢钱的兴高采烈，输钱的垂头丧气。唯一的相同点或共同目标，便是看新娘。

新娘美伶仍然坐在客厅里，一视同仁地对待来客。现在屋子里已经没有那么拥挤了，前来的人便可以看得从容，看得仔细。

新娘今天是一袭红装。红艳艳的她有一张白嫩得像奶酪，精美得像仙女的脸，她是那么好看、耐看，又是那么和蔼可亲，许多来人把她当观音菩萨来看。但平日里看的观音菩萨是不会动的，这尊观音菩萨却是活灵活现，于是就更受尊崇了。她座位前面的茶几上放有糖果，本来是给客人食用的，却没人敢动，倒变成了供奉的贡品。糖果越积越多，像一座小山了。小山像信用社柜台的黄线，看客们全部在小山前止步。因为再往前，就是越雷池，就是冒犯了。

忽然，大咧咧、雄赳赳、气昂昂进来两个人，拨开观众来到茶几旁，定睛看着新娘，立刻呆住了，像被冻僵了一样。

是韦甲、韦乙兄弟。

方圆一百里，谁不认得韦甲、韦乙这两兄弟呢？他们是上岭村的人，声威却遍及四个以上的乡镇，就像是山中的老虎，势力范围不仅仅只局限于它盘踞的地方一样。兄弟俩人高马大，雷厉风行，的确像是猛虎。这些年他们承包全乡村村通公路的砂石部分，赚了不少钱，但是也输得差不多了。然而两兄弟的气势和派头却没有减弱，到哪都是雄赳赳、气昂昂，胆特别大，能惹事，不怕事，对乡政府该顶照顶，像光脚的不怕穿鞋的。到目前为止，没有人受过这两兄弟的重大伤害。倒是这两兄弟修路赚来的钱，基本上被赌桌上的高手赢走了，受害匪浅。

但这两兄弟今天像是赢钱了，在来蓝家的路上是兴高采烈的，进蓝家的时候也是兴致勃勃的。

话说韦甲、韦乙兄弟被新娘的美貌惊呆了，像被冻僵一样固定了好长时间。直到有人把烟塞进他们嘴里，打火机的火苗舔到他们的鼻孔，他们才开始哆嗦，回过神来。

给他们点烟的是蓝能跟，新郎。还有蓝能上，新郎的弟弟。

韦甲、韦乙依然目不转睛看着新娘，像是眼珠子被卡死在框里一样。想让他们的视线移开，就得将他们的身体转动。

果然，蓝能跟、蓝能上兄弟齐行动，分别按住韦家两兄弟的肩膀，扳转一百八十度，然后推搡着他们去往酒席，嘴里却尽是软绵绵、热乎乎的话：你们哥俩来了，早就等你们来了。请，请，快，快点，上桌喝酒！

韦甲、韦乙被当作贵客安排，蓝能跟、蓝能上一人挨着一个，陪伴他们。单间独桌，主人全陪，这待遇算是够高的。但韦家兄弟并不满足，嚷着说："新娘呢？新娘怎么不来？"

蓝能上说："不好意思，嫂子身体不舒服，免了，我和我哥替她敬你们兄弟酒就是。"

韦家兄弟于是讲条件，韦家兄弟喝两杯，蓝家兄弟喝三杯，其中一杯是代替新娘的。蓝家兄弟满口答应。

蓝、韦两家兄弟开始干酒，干得热火朝天。当然同桌还有其他的人，却根本插不上嘴，只有观战的份。

　　蓝家兄弟从上午开始，陪了半天的客人，喝了不少酒。现在被迫与韦家兄弟杠上，而且杯子又是二两装的牛奶杯，显然不是对手，不久就举手告饶，要求更改条件，就是把代替新娘多出来的那杯酒免了，二比三变成二比二。韦家兄弟不同意。不同意也不喝了，多出的一杯不喝，蓝家兄弟耍起了赖皮。韦甲看着被蓝家兄弟推掉的一杯酒，拿过来，站起就走。韦乙也站起跟随。

　　没等蓝能跟、蓝能上反应过来，韦甲、韦乙兄弟已经走到新娘跟前了。

　　韦甲举酒敬新娘："喝。"

　　新娘子笑容可掬，却没有接过酒杯。

　　"本该是你喝的，你老公和你老公老弟喝不动了，不帮你喝了，你得喝。"韦乙补充说。

　　新娘子依然笑容可掬，就是不接酒杯。

　　"那我叵灌你喝咯！"韦甲左手忽然按在新娘子肩胛，将右手的酒杯抵到新娘子的唇边。新娘子没有张嘴。韦乙出手了，他一手托住新娘子的下颚，另一只手按住新娘子的额头，往后压，使新娘子的脸上仰，嘴巴张开。

　　韦甲将酒往新娘子的嘴里灌。

　　没灌成功。酒是灌进去了，却很快溢出来，像是被堵住的下水口一样。冒出的酒水往下流，湿了新娘子身上的衣裳。

　　蓝家兄弟冲过来了，却已经迟了。"干什么！"蓝能上大喝一声。

韦甲笑吟吟道："你们不喝，只好她喝咯。"

"你们兄弟太过分了！"蓝能上说，他显然是怒了。

韦乙说："怎么过分？说好的二比三，平均一人一杯，不过分呀。"

蓝能上推了韦乙一下，韦乙也推了蓝能上一下。眼看就要打起来，蓝能跟赶紧把他俩隔开。"我喝，我喝还不行吗？"蓝能跟说，他招手，"拿酒来！"

酒拿来了，蓝能跟摇摇晃晃端着杯子，"看哦，我喝了！"他把酒喝了。

然后，蓝能跟像一棵被砍倒的树，翻了。

韦甲、韦乙兄弟见新郎被搞翻，知趣地离开了。他们临走还不忘在知宾处交上一个红包，红包上写着"200 韦甲 韦乙"的字样。

婚宴继续进行，只不过喜庆的气氛弱了很多。没有哥哥的支应，蓝能上独撑局面，在大多不认识的村人面前穷于应付，左右为难，像是赶鸭子上架。

婚宴进行到午夜，终于结束。蓝能上送走最后一拨客人，关上大门。他抱着因电力耗尽耷拉在沙发椅上的新娘美伶，像抱着一个困顿的女人，进入哥哥的卧房。他把女人放置在醉倒的哥哥身边，让她陪着哥哥一起安睡。自始至终他没有对女人有任何不轨之举，因为那是他的嫂子。他真切地把她当自己的嫂子了——这位特殊的新型女人，从他看上并决定把她带回的那一刻起，便是把她当嫂子看待和对待的。他在她的芯片里输入了哥哥蓝能跟的资料信息，这资料信息包含哥哥的身体情况、性格爱好和生活环境。从这几天"嫂子"的表现和哥哥的反应来看，嫂子显然是适应了哥哥，而哥哥对嫂子也是相当满意的。虽然下午的婚宴中，出现了不愉快的事——嫂子美伶被韦甲、韦乙兄弟强行灌酒，哥哥为保护嫂子挺身而出，醉翻自己。但事情最终化险为夷，不露丝毫破绽。到目前为止，一切正常。至于以后怎么办？会发生什么难以预料的事？蓝能上不知道，尽管他身为博士，还是人工智能专家。这款机器人的进步，即大脑芯片的植入，有他的发明和创造，因为他是研发团队的成员之一。这是美国老牌Ekso Bionics公司推陈出新的产品，尚未经市场成功检验。所以这款女性机器人与其说是蓝能上为哥哥蓝能跟选择的伴侣，毋宁说是Ekso Bionics公司新产品进入市场之前的实验，就像任何新型飞机在批量生产前都要进行试飞一样，她被蓝能上从美国带入了中国，在中国客户身上做实验。中国男人蓝能跟首次飞行，应该是成功的。至于以后最终的效果或结果，蓝能上真的难以预料。此刻，他心神不宁、忐忑不安地看着在中国八桂深山熟睡的农民哥哥和越洋嫂子，像一名没有恶意的始作俑者。

哥哥蓝能跟昏睡到除夕方才醒来，弟弟蓝能上已经做好了年夜饭。在神龛父母的遗像前，蓝能上与哥嫂默默地过年。哥哥因为身体虚脱说不出话，嫂子因为丈夫不说话也就无话可说。弟弟蓝能上是不想说话，或者说是有许多要说的话却不知从何说起。他们相对无言。

年初三，有话再不说就晚了，因为弟弟蓝能上要走了，回美国去。

家门外，蓝能上单独对哥哥说："哥，你养一条狗吧。"

哥哥蓝能跟正把行李往车里放，他回头纳闷地看着弟弟："为什么要养狗？"

"看家护院，防贼防……其他狗。"

"我们家没来过贼。我这么丑，贼怕来。嘿嘿，不养狗，也就不会招惹其他狗来。"

"那……起码每天，白天你不在家，一到晚上，你都要把门，还有窗户，锁得严严实实的！"

"这个可以。"

"嫂子不要带她出门，不要跟任何人讲你和嫂子的事，不要在乎别人怎么说你和嫂子怎么不配，怎么怎么的，不要……"

"这个我懂！"哥哥打断弟弟，"你走吧，怕路上堵，飞机可是不等你。"

蓝能上上车。他开车驶离梦萦魂牵的村庄，告别无比疼爱他的哥哥，还有他放不下心的嫂子。

山河锦绣的村庄如一台织布机，将他像梭子一样送出。

立定的哥哥像一根长着疙瘩的木桩，被遗弃在路的中央。看不见的"嫂子"则像藏在盒子里的一只翡翠镯子，让知根知底的人忧心和挂念。

## 三

村西头蓝家房屋的露台上，破天荒晒出了女人的艳丽衣裳。从年初四开始，那鲜艳的衣裳，一件又一件地在朝阳的露台上出现，像旗帜一般醒目和招摇。它们让村庄女人的心眼感到刺痛，而让男人感到蛋疼。

但人们也注意到，衣裳的主人自进入蓝家以来足不出户，更未在村庄走动过。这是为什么？女人病了？不像，因为没见过女人的男人买药或请医生。女人和男人赌气、厌烦了？也不像，因为女人和男人赌气生厌，连洗脚的兴趣都没有，哪有心情换衣裳。那只有一种可能，是男人对女人管得太严，不让出门。也难怪，女人那么漂亮，男人是那么一个丑八怪，怎么可能放心女人出门呢？

似乎是为了验证这些猜测和判断，哪一种更靠谱，村庄的人们开始频繁地进入蓝家，进行侦查和刺探。

一个月以来，蓝家进进出出了太多的人，超过了过去数十年来往人次的总和，像是重新有了蚁后的蚁窝，或者终于有了蜂王的蜂窝。

但来的人再多，就是把门槛踏破了也罢，蓝能跟的女人就是不出面。她躲在楼上的屋子里，通过蓝能跟的口说是病了。哪有病那么久治不好又不去医院的呢？又不是缺钱。这分明是借口。不想见人或不想让人见着才是真的。蓝能跟把女人当宝贝一样藏着，不就是怕女人见了好看的男人心思动摇，跟别人好上了或跑了吗？而天底下的男人，哪个不比像鬼一样的蓝能跟好看呢？

因为都见不着蓝能跟的女人，又不能强行地见，来人渐渐地少了。女人们肯定是不来了。她们的多数本来是来探个虚实的，断定果然是女人被男人管得很严很死，也就心安了。少数女人确实是希望蓝能跟的女人有病，如今看来，也不是不可能，说不定还是什么传染病呢，不然怎么怕见人呢？于是也不敢来了。

只有一部分男人坚持不懈、锲而不舍，他们三天两头往蓝家跑，像是勤奋上学、即使旷课也有充足理由的孩子。虽然每次来，也依然见不着女人，但还是来，就像明知上赌桌必定会输但还是要赌一样。

这一部分持之以恒的男人后来也少来了，寥寥无几的人即使来了，也只到蓝家附近就戛然止步，像是受到了威胁。

能自由进出蓝家的，只有韦甲、韦乙兄弟了。

韦甲、韦乙兄弟每次总是成双成对地来，像是连体婴一样团结紧密。他们不这么做行吗？单枪匹马，谁怕他们？但两兄弟一旦合作，就是另外一码事了。

这两兄弟每次来，都不是空着手，这是他们与众不同，也是蓝能跟不得不以礼相待的地方。韦甲、韦乙总是能带来不一样的东西，上次是鱼，这次是酒，下次是山珍，下下次可能就是天上飞的。总之兄弟俩为了顺利进入蓝家，得到蓝能跟的信任，是挖空心思变换花样，让蓝能跟大开眼界，像极了讨好观众的魔术师。

韦甲、韦乙今天带进蓝家的是只老鹰。蓝能跟一眼认出这只老鹰，因为它就是在上岭上空翱翔多年的令鸡鸭闻风丧胆的雄鹰。这只鸟中之王如今垂头丧气地在韦乙的手上提着，还不顾蓝能跟的阻拦和反对，准备在餐桌上以炖锅的形式出现，的确令人意外和诚惶诚恐。

"第一，我们这是为民除害，"韦甲指着炖在锅里的鹰说，"这老杂毛叼走了我们村多少鸡鸭你说。"

"第二，也是为了给能跟哥你补一补，"韦乙接着说，"你这段时间身体虚啊，脸色黄得像烟叶一样，我都看不下去了，心疼。"

韦家兄弟给出的理由头头是道，让对老鹰心存神灵般敬畏的蓝能跟解除了戒备，打开了心结。

接下来，韦甲舀汤肉，韦乙端着汤肉，递到蓝能跟面前。紧接着摆在蓝能跟面前的，是一大碗酒。

"能跟哥，吃了这碗汤肉，三宫六院不发愁！"

"喝了这个酒，皇帝也向你磕头！"

韦家兄弟一唱一和，把憨厚的蓝能跟哄得笑不拢嘴。最重要的是，韦家兄弟这次来，绝口不提要见美伶的事，连眼都不朝楼上望。这是最令蓝能跟放心和开心的，就像放心两条已经阉割的色狗一样，他对他们彻底放松了警惕。

蓝能跟一碗接着一碗地吃肉、喝酒。

村庄的夜晚越来越静，尤其是在村西头而不是在村中心的蓝家，静得就像山腰的洞穴。人即使像野兽一般的嗥叫，也没人听得见，更何况此刻在蓝家的三个男人，基本上不吱声了。

蓝能跟趴在餐桌上，像一头嗜睡的猪，任由韦甲、韦乙呼唤、拿捏和捶打，就是不动弹。

韦乙接过韦甲丢来的眼色后，便去把大门关上。他熄灭了一楼的灯，然后跟已等在楼梯口的韦甲上楼。他们来到二楼的主卧，拧了拧门把手，发现门是锁住的。于是韦乙又下楼来，用手机照明，取了挂在蓝能跟裤腰上的一串钥匙。他回到楼上，换到第三把钥匙的时候，才把门打开。

卧室是黑的，但在手机的照明下亮些。只见蓝能跟的女人躺在床上，一动不动，像是睡着了。兄弟俩靠近女人，这个他们费了多少时间和心机才终于靠近的女人，此刻对陌生男人的进入毫无察觉。她仿佛以为现在进入房间的是自己的男人，因此显得习以为常的平淡、机械，甚至麻木。韦甲挠了弟弟韦乙一把，韦乙会意地退出卧室，带上门，然后守在门外，像一名保安。

约莫二十分钟，哥哥韦甲开门出来了。他一面提上裤子拉链一面朝弟弟歪头。韦乙便往哥哥歪头的朝向进房去了。

女人现在光着身子，在手机柔和的光照中，像是在浅浅的河水中泡澡。她眼睛扑朔迷离，像是在做梦，姿态慵懒松垮，像是极度劳累。聪明的韦乙还是关掉手机，摸黑爬到了女人的身上。他在女人的身上寻找、发动进攻。女人在他的强攻下几乎没有抵抗的能力，像是被炮火摧毁过一次的阵地。这是武力占领的阵地，也是智力窃取的成果。为了这美好的时刻，兄弟俩绞尽脑汁，盘算、谋划了很久，一计不成又生一计。单说为了捕捉那只雄壮又狡猾的老鹰，兄弟俩请来了全乡最优秀的猎人，设置巧妙的机关，蹲伏了十五天，才将它擒获。功夫不负有心人，他们成功了。

然后，兄弟俩功成身退。他们蹑手蹑脚又回到女人的男人身边，只见蒙在鼓里的蓝能跟睡得比刚才更沉。他呼噜震天，像怒吼的大虎。于是，韦乙把钥匙往桌上一丢，与哥哥韦甲慌不择路，匆忙逃离蓝家。

蓝能跟醒来的时候，发现自己还在餐桌边。桌上杯盘狼藉，屋里只有他一个人。堂屋前方阳光如柱，大门敞开。裤腰上的钥匙怎么搁到了胡乱的桌面上？像一坨屎。清醒后的蓝能跟觉察到了不妙，他飞快地跑上楼。

房门一拧就开了。蓝能跟推门进屋，看到了羞辱的一幕——美伶衣不蔽体，僵硬地躺着，像是断了气，实际是电力耗尽。床单褶皱，粘着乳汁一样的斑，像是被疯牛踩踏污染的草地。而美伶本来是衣着整洁的，床单也是。现在怎么变成了这样？

蓝能跟抓住美伶，摇晃她，大叫："怎么了？谁把你弄了？"

美伶没有回答，像是失去了记忆。

蓝能跟继续大叫，但已经是冲着门外："韦甲、韦乙！我操你公龟！"

叫着，叫着，嗓音越来越嘶哑，身体也软了下来。他歪坐在地板上，不再发声，只是嘴巴哆嗦，牙齿打架，像是被风雪袭击。通红的眼睛已经发白，定定的，像夹在手上剥了皮的鲜桂圆。

## 四

大成乡派出所今天接受一起报案。报案人是上岭村村民蓝能跟。

蓝能跟称，本村村民韦甲、韦乙两兄弟，借酒将其灌醉，然后强奸了自己的老婆美伶。

派出所一共四名警察，一听发生了强奸案，全集中在了一起，共同听报案人蓝能跟的讲述。

"我操他公龟！"蓝能跟越说越激动，"这两个野仔从一开始，就是我结婚请酒那天，就对我老婆生有歹意，起有色心，灌我老婆酒。那天我还没当回事，以为是斗酒引起的。我弟弟临走时提醒我养狗，我也是没当回事，以为我家不会有贼。后来村里的许多男人女人，天天来我家，我觉得也没什么恶意。除了韦甲、韦乙这两个狗兄弟！他们变着法儿哄我高兴，让我麻痹大意。昨天晚上，他们带来了一只老鹰，炖了我们三个人吃，还喝了酒。关键是喝酒，我一个人对付两兄弟，自然是喝不过他们的，然后就醉了。他们偷走了我房间的钥匙，打开门，进去强奸了我老婆。第二天……"

"你等等！"一个警察打断蓝能跟的讲述，他是派出所所长覃广来。"你说后来村里的许多男人女人天天来你家，那么，昨天晚上，你家除了韦甲、韦乙，没别的外人来了吗？"

"昨晚就只来了韦甲、韦乙两个人，"蓝能跟说，"原来天天有很多人来的，后来越来越少，昨天就只来韦甲、韦乙两个人。我也觉得奇了怪了。"

"你老婆现在在哪？"覃广来说。

"在家。"

"她为什么不来？"

"来不了。我没想让她来。"

"现场还保存在吗？没动过吧？"

蓝能跟点头："没有大动。我只是给老婆换上了干净的衣服，床单也换了。"

所长覃广来一听，叹了一声："哎哟，这还不是大动呀？大了去了。"

"但是换下的衣服我还没洗，床单也是。"蓝能跟说。

覃广来站起来，招呼手下："去看看，都去。"

派出所唯一一部车坐着五个人，驶往八公里外的上岭村。

蓝家很快就到了。蓝能跟用钥匙至少打开了三道门，才进入他指出的案发现场。

四个警察第一次看到了传说中的蓝能跟的妻子美伶。

受害人美伶现在倚靠着床屏，斜躺着，半身盖着被子。她脸色苍白，眼睛呆滞，见了来人也没反应，像是打了镇静剂的疯子。

果然，覃广来连问了受害人五个问题，都没得到正确的回答，或者说是答非所问。

覃广来："你还好吗？"

受害人："你好。"

覃广来："你记得昨晚发生的事情吗？"

受害人："你好。"

覃广来："昨天晚上，是不是有男人，两个男人，侵犯了你？"

受害人："你好。"

覃广来："现在是白天还是晚上？"

受害人："你好。"

覃广来："一加一是不是等于二？"

受害人："你好。"

面对貌美却弱智的受害人，覃广来摇摇头，不再发问。

另外的警察拿到了换下的受害人的衣裤和床单。他们发现了床单的乳状斑点，凭肉眼和经验认定是精斑。

覃广来当机立断，指示传唤韦甲、韦乙兄弟。

上岭村今天风平浪静。往日熙熙攘攘的各个赌点，忽然空寂起来，像停止营业的商店。一定是放哨的人望见了进村的警车，通风报信，使得所有的赌徒都散了。

警察在村庄四处寻找韦甲、韦乙兄弟，结果扑空。

正当一干警察准备撤走的时候，得知警察来意的某村民举报，韦甲、韦乙兄弟逛街去了，今天是圩日。

所长覃广来等赶忙驱车返回，在热闹的大成街左冲右突，终于在一家餐馆里，抓着了正绘声绘色跟食客描述与蓝能跟老婆一夜风流的韦甲、韦乙两兄弟。

派出所里，韦甲、韦乙被分开讯问。四个警察也分成两组，策略是将兄弟俩各个击破。

韦甲、韦乙一问便认了，但只承认与蓝能跟的老婆美伶发生了性关系，不认强奸。

"女人不愿意才叫强奸，对吧？"韦甲说，"可我上去的时候，蓝能跟的老婆是愿意的呀。"

"怎么愿意法？"覃广来问，他是这一组的组长。

"她没有反抗，随便我想怎么弄就怎么弄。"韦甲说。

而在另一组，韦乙对警察说："我弄的过程中，她甚至还有配合的动作，这哪里算是强奸？通奸还差不多。通奸也犯法？"

"怎么个配合法？"另一组的组长问，他是副所长黄峰。

韦乙看着三十啷当岁的黄峰，笑笑说："这个你应该懂的。"

"怎么个配合法？说！"黄峰说，他加重了语气。

"她哼唷，一直哼唷。她手抱着我，腿夹着我，不停地颠屁股。"韦乙边说边尽量逼真地示范，他看着目瞪口呆的两个警察，"还要我继续往下表演吗？"

两组警察很快碰头。覃广来说："我们再去蓝家一趟。"

四个警察又来到了蓝家。所长覃广来在楼下，对蓝能跟说："蓝能跟，韦甲、韦乙，我们已经抓了。"疲软的蓝能跟立即坐得笔直，像是有人撑腰。但是，覃广来把手架在蓝能跟肩膀上，轻轻拍了拍，"情况可能跟你讲述的，或者说跟你想象的，不一样。"

蓝能跟眼睛瞪大，像是很吃惊。

"所以，我们需要与你老婆美伶，进一步地核实。需要她单独地，和我们面对面。你明白我的意思吗？"

蓝能跟点头，又摇头。

覃广来说："就是说，你留在楼下，回避。我们警察上楼，与你老婆进一步核实情况。"

"不可以！"蓝能跟说，他站起身，拦住移动的警察。

"蓝……"

"我老婆跟别人不一样！"蓝能跟打断说，"她不是普通人！"

"我知道，"覃广来说，"她很漂亮，非常非常漂亮，我们都见过了。但是……"

"她是特殊的女人，"蓝能跟又打断说，"你们不能像要求普通女人一样要求她。"

"怎么特殊法？"

蓝能跟把警察们带进楼下的一个房间，指着房间里一个巨大的箱子，说："她是美国来的。"

箱子上的图文和其他标识显示，箱子来自外国。

"你的意思，你的老婆是躲在这个箱子里，从国外……美国，偷渡进来的？"覃广来说。

"不是偷渡，"蓝能跟说，"是跟我的弟弟蓝能上，从美国托运过来的。"

警察们还是晕头晕脑、面面相觑。覃广来对身边最年轻的警察说："马光田，你不是懂英文吗？看看箱子上写的是什么名堂！仔细看。"

名叫马光田的警察上前，他仔细地看着箱子上的外文，又不得不拿出手机，对照翻译软件，吞吞吐吐地翻译："Sex，性，robot，机器人。性机器人，性……性爱机器人。"然后，他恍然大悟，仰起头，"我的天！"

其他警察也听明白了，他们或弯下腰去叹气，或跃起了身板叫，像是失球和进球的双方。

警察们接着带上蓝能跟，上楼对所谓的蓝能跟的老婆美伶进行查验。

是机器人。没错。

"不管她是什么人，她就是我老婆。"蓝能跟对哭笑不得的警察们说，"韦甲、韦乙强奸了我老婆，就是犯法、犯罪。"

覃广来最先止住笑，说："蓝能跟，你弟弟真是会报答你呀，给你找了一个这样的老婆，不错不错，很适合你。"

蓝能跟不管是褒是贬，说："我想知道韦甲、韦乙强奸了我老婆，要坐多少年牢？"

覃广来想了想，说："我们回去，再研究研究法律。你等着吧。"

警察们走了，蓝能跟开始等。

等到第五天，蓝能跟等来的却是被释放的韦甲、韦乙两兄弟。

韦甲、韦乙兄弟释放当天，第一时间便来到蓝家，在蓝能跟面前手舞足蹈，像亲临丧家作法的师公。但他们叫嚣了一会儿就走了，因为眼看蓝能跟口吐白沫，眼睛喷火，像个厉鬼。兄弟俩自知力所不及，或觉得不好再惹，避开了。

蓝能跟冲进派出所，怒问为什么放了强奸犯韦甲、韦乙兄弟？

所长覃广来亲自解释："蓝能跟，是这样，听我慢慢跟你说明。韦甲和韦乙，性交也好，性侵也罢，对象不是人，是机器，也可以说是玩具。那么，法律上没有规定，至少目前没有哪条法律规定，与机器或玩具性交，或性侵机器、玩具，是违法犯罪。所以，只能把韦甲、韦乙关了五天，放了。而且，关这兄弟俩五天，是因为他们非法盗猎野生保护动物老鹰，被拘留的。这事你也参与了，因为老鹰是在你家食用的，你也吃了，对不对？但你的情节比较轻，就不追究你了。情况就是这样。哦，对了，我让韦甲、韦乙兄弟，一出去就去跟你道歉，毕竟挪用了别人的玩具是不对的。他们去……"

"我老婆是人，不是玩具！"蓝能跟呐喊。

覃广来摇摇头。

"你们不把我老婆当人，我把我老婆当人。机器人怎么不是人？有人字没？她就是人啊，她受了侵害，侵害她的人就得受惩罚。就算美伶不是我老婆，侵害她的人也要受惩罚。现在她是我老婆，我是她丈夫，我必须为她，也为我，求个公道！"

"蓝能跟我问你，"覃广来说，"你口口声声称美伶是你老婆，请问你和她结婚了吗？"

"结了呀。酒都请了。"蓝能跟说。

"结婚证呢？"

蓝能跟蒙了。"没有结婚证，只是请酒报喜。我们农村请酒报喜就算结婚。"

覃广来指点着蓝能跟，"蓝能跟呀蓝能跟，亏你还是高中文化，亏你还有个博士的弟弟，不到民政登记结婚，是不受法律保护的，你懂不懂？"

蓝能跟傻了，或者说觉得了理亏。他沉默了一会儿，像是在寻思别的理由。"我们是事实婚姻。"他说。

"什么事实婚姻？这是非法同居！"覃广来说。

蓝能跟又寻思了一会儿，说："那我们补办登记好了！补办登记结婚行吗？"

覃广来说："行啊！但这不归我们派出所管，你去找民政。"

蓝能跟从乡派出所出来，便去乡政府找民政。

乡民政蒙家柏刚送走一对闹离婚没离成的夫妇，口干舌燥，正准备喝口水，蓝能跟进来了。"蒙民政，我要和我老婆补登一下记，领结婚证。"蓝能跟说，他接着递给蒙家柏一包烟，五十块一包的蓝真龙。

蒙家柏接过烟，看看蓝能跟，看看门外，"叫人进来呀。"

"我一个人来的。"蓝能跟说。

"一个人怎么可以？结婚是需要双方到场的。"

蓝能跟看看墙上的钟是下午三点半，说："那我回去带人来。你等着哦！"

乡政府至上岭村八公里的路，风驰电掣着一辆摩托车。

往上岭的时候是蓝能跟一个人，再回乡政府的时候，车上多了女人美伶。她坐在车后座，紧紧贴着男人的后背。风大车疾，她长发飘飘。

男人女人都到了乡民政所前。蒙家柏看着绝色佳人，咽了下口水，强装平静地说："请出示身份证、户口本。"

蓝能跟说："我有，她没有。"

蒙家柏说："都要有身份证、户口本。"

蓝能跟又递上一包烟。

蒙家柏不受，还把先前蓝能跟送的抽掉了两支的真龙烟退回："那没办法。"他摊开手，耸耸肩，像电视里幽默地表示对不起的外国人。

蓝能跟忽然想起什么，从口袋里掏出一个白信封，从信封里抽出一张纸，递给蒙家柏。

蒙家柏看到的是一张外国发票。他只认得发票上的金额：$11000。

"这能证明什么？"蒙家柏问。

"这是她的身份证和户口。"

"乱弹琴！"蒙家柏说，"这只能证明你身边的这个女人，是买来的！"他手一挥，"这婚，你们结不成。回去吧。"

"那我要是办得了身份证和户口呢？"蓝能跟说。

蒙家柏看着桌上的两包烟，说："那你送我一条，我都敢收。"

　　从乡政府出来，蓝能跟带着美伶径直去了派出所。他拿着发票要求给美伶报户口和办理身份证，被拒。

　　又是所长覃广来出面解释："蓝能跟呀蓝能跟，不是我们要为难你，而是你在为难我们。你拿一张购物发票来派出所报户口，办理身份证，我就是有三个脑袋，也不能给你办呀。你真的是找错地方了。买车，你拿发票去车管所上牌。买房子，你就拿发票去税务所上税，然后去房管所办房产证。你现在买的是机器人，虽然有人字，但毕竟是机器呀。买机器，这种机器，上哪去登记报备？我不知道，但肯定不是我们派出所这里。我们这里管的是人，有血有肉，有爹娘、有祖宗的人。"他指指墙上"为人民服务"的标语，"什么时候这行字允许加上机器两个字，我再给你办，好不好？"

　　蓝能跟带着美伶骑车回家。两轮车现在走得十分地慢，歪歪扭扭，随时都要倾倒的样子。开车的人甚至也不看路，眼皮耷拉着，像只绝望的昏鸡。后座的女人紧紧倚靠着他，其实是他背着她。两个捆绑在一起的人，坐在一辆盲目的车上，行驶在两边是沟壑的窄小公路上，像是随时准备共赴黄泉、同归于尽。

　　仿佛是有仙人指路或佛祖保佑，蓝能跟还是将车开回到家。他抱着失去知觉的女人，安放在长条桌上。然后，他用绒布，开始为她净身。湿润的绒布，从头到脚，一寸一寸、一遍又一遍地擦拭他认为被污辱和肮脏的身体。他的眼泪不时掉落在她身体上，像是露珠，也像是牛虻。他用舌头把露珠舔掉，用牙把牛虻咬碎。

被玷污的女人美伶，在丈夫的擦洗下，渐渐地光洁。像是被丈夫的泪水感动，她恢复了知觉。她眨着明亮的眼睛，重新看着细致入微照料她的男人——这个苦难深重的中国广西深山里的男人，纯真和隐忍的男人，不屈服、不放弃的男人。我的好男人。对不起，原谅我。

美伶的心声像是被蓝能跟听到了一样，只见他动作的手忽然静止，眼睛发出宽恕的光芒，像云谲波诡的海上照明的灯塔。

# 五

春末的时候，归复平静的蓝家，出现了一条狗。

它现在还小，大概有五六斤重，黑色，个高腿直，皮毛光滑，活跃无畏，雄性，是村庄里的人们都不知名的犬种。

它每天被蓝能跟带着，至少出两次门，但都走得不远。它主要是在蓝家房屋的周边溜达，像是在熟悉环境的新兵蛋子。然后，它回到院子里，接受训练。

训练的情况或场景，村里人大多是没看见或不知道的，因为院子大门紧闭。人们只是听到从院子里传出的喊叫声。坦克，冲上去！坦克，咬呀！快跑，坦克，坦克，趴下别动，坦克……

这狗的名字，应该是叫"坦克"。

坦克变化很快，不光是长体格、长体重，还长精神、长威风，每一次亮相，都让人触目惊心。

转眼夏末秋初，坦克已经是一条威风凛凛的大狗了。

这个时候，人们却很少见到坦克的身影。它深居简出，藏而不露，像是兵崽成了将军，拳手成了师傅。它不常出现，反倒让人更加敬畏和惧怕，因为人们知道这条狗的存在是为了什么。为了守护蓝家的女人，不再受欺凌和侵犯。韦甲、韦乙侵犯蓝家女人而不受惩处的事件，现在已经人人皆知。蓝能跟娶来的老婆不是真女人，人们大开眼界后，现在也习以为常了。虽然仍有众多男人对这个比真女人还诱人的机器女人念念不忘、梦寐以求，但因为有了这条狗，女人有了厉害的保镖，念想就只是念想了，梦欲就只能在梦中发泄。要靠近蓝家，走进蓝家，除非是这条狗不在，或者死了。

要引开一条忠诚的狗，或者除掉一条可能比人还聪明的狗，不是那么容易的，就像摧毁一辆坦克，没有大威力的炮弹是很难完成的。

何况坦克，还有一名时刻保持着警惕的指挥官。他是它的首脑和主人，因为麻痹大意受过惨痛的教训，所以现在他非常器重它、仰仗它。他相信它凭着天性的忠诚和凶悍，一定能为他看家护院，保卫他的女人。

　　因为有了狗，蓝能跟出门在外的时候，把狗留在家里，心定了许多。他通常是有事才出门，比如下地干活。蓝家现在有四亩地，其中水田一亩，旱地两亩，还有一亩田地改成了鱼塘。如今的上岭，农民大多不种地了。他们去外面打工挣钱，或上赌桌去博运气，而让土地荒芜着，因为他们相信，无论地里种什么东西，都比不上打工挣的钱多，更比不上赌桌上来的钱快。整个村庄，只有蓝能跟是个真正的农民。他坚持耕种土地。上岭村几千亩土地，空茫茫一片，他家的田地必定是春绿秋黄，而鱼塘也必定是鱼大虾肥。其实蓝能跟是最没必要还当农民种地养殖的人，光凭美国的弟弟每年给他的钱，还有伤残抚恤金，就足够他衣食无忧。但他就是这么傻、这么笨，像一个死都不改嫁的寡妇。但你说他蠢说他笨，他又懂得养狗，守卫他的女人。在家舒心，出门放心。除了下地干活，蓝能跟也偶尔上街，买必要的东西。露台上晾晒的衣服，不断地更新。它们大多属于从不出门的女人。整天窝在家里，换那么多漂亮的衣服，给谁看哪？自然是给蓝能跟看的，是蓝能跟想看的。这个贪恋美色的臭男人、丑八怪。

　　蓝能跟今天又上街了。他在街上碰见韦甲、韦乙兄弟。

　　蓝能跟已经有小半年不见这两个野卵兄弟了。自从那件污辱、窝囊、不公平的事情处理之后，他发誓再也不与韦甲、韦乙兄弟来往，有这两兄弟可能在的场合，他坚决不去，比如村庄的所有赌点，他再也不去了。他上街，也是挑了不是圩日的日子去。

这天就不是圩日。但蓝能跟恨见的这两兄弟，却让他遇见了。

他们像是故意制造的遇见，在本该是错误的时间、地点，错误地遇上了仇人。

仇人相见，理应分外眼红。但韦甲、韦乙兄弟却是笑吟吟地出现，让心怀深仇大恨的蓝能跟发作不了，像干柴遇上雨水燃烧不了一样。他想躲避，也躲避不了，因为两兄弟一前一后夹着他，前后都赔着笑脸。

"蓝哥，今天我们两兄弟是专门来给你道歉的。"韦甲说。

像是用词不当，蓝能跟很冷漠。

"能跟哥，今天我们是向你赔罪来的。"韦乙说，他修改了措辞。

蓝能跟嗯了一声，像是接受改动后的说法。

两兄弟趁机拉扯着态度缓和的蓝能跟，进了附近的一家叫"壮古佬"的餐馆。这也是他们曾被警察抓走过的餐馆，只是蓝能跟不知道而已。

因为不是圩日，餐馆没有客人，除了韦甲、韦乙兄弟和蓝能跟。

酒菜很快上了桌，像是预订好的。

蓝能跟一看见酒，像被蛇咬过的人看见井绳一样，迅速站起身闪开，但被一旁的韦乙按下。

"你不用喝酒，"坐在对面的韦甲说，"酒只是摆设，赔罪是要摆酒的，象征诚意。"

蓝能跟虽然人不走了，但仍保持警惕，提防着韦家兄弟，对两兄弟递的烟、敬的茶，一概不受。那令他提心吊胆的酒，更是被他重点盯防，只要任何一只手企图靠近、触摸酒瓶子，都被他制止。

韦甲给弟弟韦乙丢了一个眼色。兄弟俩几乎同时站立，退开几步。他们面对蓝能跟，鞠躬，再鞠躬，三鞠躬，像是战舰上的日本鬼子向胜利者投降谢罪一样，只差没有战刀可以交出。

"我们错了，"韦家兄弟表态，"我们为进入你家，侵犯你私有财产的行为，感到非常地难过和后悔。对不起。"

蓝能跟看着向他鞠躬的韦家兄弟，听着他们赔不是的话，身心一阵痛快。他觉得兄弟俩道歉的言行还算到位，因为能让两个村霸做出服软的举动，已经很难得了。他想都不曾想这霸道的两兄弟，在被警察认定无罪释放出来后，会向他认错。这真是个意外的结果，感觉就像不用吃药病好了一样。他也觉得这兄弟俩的话里有什么不对，但又挑不出毛病。"你们坐吧。"他说。

韦家兄弟像是得到原谅，愉快地坐回原位。他们情不自禁抓过酒瓶，开瓶往杯子倒酒，出乎意料地没有遭到蓝能跟的阻止。兄弟俩共同举杯，敬向蓝能跟。

蓝能跟看看自己面前的杯子，说："先讲好，我只喝一杯。"

"你随意，我们干完！"韦家兄弟言之凿凿。

蓝能跟果然只喝一杯，不喝了。韦甲、韦乙殷勤地轮流给蓝能跟夹菜，像伺候一个健康的长辈。蓝能跟也确实比韦甲、韦乙年长许多，自然乐意接受晚生的尊敬。他看待韦甲、韦乙兄弟，目光干净、温和，看上去心里已经没有仇恨了。

兄弟俩见机行事，趁热打铁。"能跟哥哥，"韦甲说，"我和我弟弟韦乙，刚才的道歉和赔罪，其实还没有做完。"

"不用了。"蓝能跟说。

韦乙说："不，请允许我们兄弟把话讲完，把事情彻底地处理好。"

"讲吧。"

韦甲说："能跟哥哥，是这样，我们侵犯了你的私人财产，给你的财产造成了巨大损害。所以……"

"哎，等等，美伶是我的老婆，不能叫私人财产。"蓝能跟打断说，他终于挑出韦家兄弟话里的毛病了。

"美伶是你老婆，这是肯定的，"韦乙说，"但是，你的老婆不就是你的私有财产吗？这也没错吧？不是私有财产，难道是公有财产？"

蓝能跟想想也是。他不再申明，像是默认了。

韦甲接着说："能跟哥哥，我们给你的财产造成了巨大损害，所以我们决定赔偿你。"

"赔偿？"

"对。"

"怎么讲？"

"我们愿意照价赔偿。"韦甲说。

"照价？什么价？"

"据我们所知，说是美伶嫂子也好，机器人也罢，"韦乙说，他读过不少金庸的小说，说话也文绉绉的，"价格是一万一千美金，按照现在一比六点七换算，就按一比七吧，是七万七千人民币。那么……"

"你们是怎么知道价钱的？"蓝能跟打断说。

韦乙笑笑说："天下没有不漏风的墙，这你就不必追问了。我们没有美金，所以现在，我们决定赔偿你七万七千人民币。"

蓝能跟毫不犹豫地摇头。

"那就八万，"韦甲说，"再加三千，是精神损失赔偿费。"

蓝能跟说："这不是钱的问题，我不要钱。"

韦乙说："我知道你不缺钱。可是，这个世上任何的伤害、损害，除了拿命来抵，不就是拿钱来赔吗？我们两兄弟拿命来抵，还达不到吧？所以，便只好用钱来赔咯。"

"我要的是一个说法，一个理。你们已经知道错了，赔不是了。过去就过去了。"蓝能跟说。

韦甲说："不行，钱一定要给，要赔。不给钱我们过意不去，说不过去。我们给你钱，然后我们把机器人接收过来，那才顺理了。"

蓝能跟一愣："你说什么？什么接收？"

"就是说，我们赔了你八万，机器人自然就是我们的了。就像我开车撞坏了别人的车，我负全责，我照价甚至超价赔付了，这被撞坏了的车，自然而然就转移、过户到我名下，变成我的财产了。对不对？"

"不对！"蓝能跟说。他目光炯炯，又不温和了。

"对的呀，"韦乙说，"一手交钱，一手交货，这是公平交易。"

"美伶是人，是我老婆，我不卖！我就是这意思，你们懂我的意思吗？"

"懂，"韦乙说，"你把美伶当人，当老婆，我们理解。可是，严格地讲，它是一部机器，机器就是货物，是商品。从商业的角度，我们付给你足够的钱，然后你就把货给我们，这叫等价交换，讲白了就是公平买卖。"

蓝能跟冒火的眼睛瞪着韦乙："我不跟你们做这种买卖！"

"蓝能跟，这就是你不对了，"韦甲直呼其名说，"我们又跟你赔不是了，又愿意买你的东西，够诚心诚意了。你不要敬酒不吃吃……"

"吃罚酒是吧？"蓝能跟打断他，霍地站起来，"来呀，你们兄弟俩现在就打我。我跟你们讲，你们就是杀了我，我也不会卖我的老婆！"

韦甲、韦乙兄弟看着斩钉截铁的蓝能跟，面面相觑，像拿不怕死的人没办法一样。

"你们不打我，不杀我，就给我让开！"蓝能跟对阻挡他的韦乙说。

韦乙给蓝能跟让开路。

看着走开的蓝能跟，韦甲、韦乙兄弟是无可奈何，又气急败坏。韦甲朝着蓝能跟的身影飞起一脚，掀起一股风。韦乙则阴险地骂道："蓝能跟你这臭狗屎，给你骨头你不吃，偏要吃屎。和我们兄弟斗，你还嫩着呢。骑驴看唱本——走着瞧！"

踢也踢了，骂也骂了，兄弟俩坐下继续喝酒。热烈的酒在他们的肠胃里沸腾，燃烧到脑袋，从眼中喷出火来。酒越喝越多。从中午到晚上，萧条的餐馆就靠这两兄弟撑着，直到他们眼睛里的火光熄灭，被餐馆老板和老板娘抬进他们的车里睡觉。这两兄弟有一辆七座的面包车，八成新，有天窗，现在像一个看得见星星的房间。

# 六

秋末以来，蓝家的狗出现异常反应，终于被主人发现了。

　　这条也就半岁多大的公狗，每当进入夜晚的时候，就躁动不安、魂不守舍。它在院子的高墙内左冲右突、极限跳跃，像企图越狱的囚犯。屡次失败后，它来到楼顶的露台上，从栏杆的空格俯瞰不远处自由、开放、狂野的同类——这些不受约束、管制的狗成群结队，尽情尽兴地在村中的野地追逐和交欢。近来，它们将交欢的地点集中在了蓝家附近，把这里当成了性爱的乐园，这对"坦克"却是课堂。借着路灯的光照，这些来历不明的狗真是幸福和欢乐呀，它们言传身教、上行下效，亢奋活泼、耐力持久，像是天天在过节。这些放荡的狗，第一天被坦克发现的行为，就强烈吸引了坦克，生动地教育、启蒙了"坦克"。它年幼的身体忽然春心萌动、欲火中烧，过早地成熟了。它渴望加入同类寻欢作乐的行列。无奈高墙阻隔，而楼顶的露台比院墙高出十丈，如险峻的悬崖。它想获得解放的机会，除非不要命地往下跳。

　　连续几天，蓝能跟早上或上午起床后，总是发现"坦克"不在屋里，也不在院内。他打开院子大门，便看到"坦克"在院门外，精疲力竭地守候，其实是等待开门进入。这到底是怎么回事？它是怎么出去的？是什么时候出去的？它为什么出去？它出去想干什么？都干了些什么？

　　一连串疑问，像锁链绑住了蓝能跟。他当然急着把心锁打开。

　　这天晚上，蓝能跟破例没有和美伶睡在一起。他佯装进卧室了，还重重地关上门。然后他再悄悄地开门，小心翼翼地打开三重门，蹑手蹑脚地出去。

他在房屋正面西北角的草丛中潜伏，像侦察兵近距离观测敌营一样，观测自家房屋的动静。不久，他望见"坦克"出现在楼顶的露台，然后纵身往下跳。他的心提到了嗓子眼，想扑过去营救已经来不及了。好在"坦克"的跳楼更像是飞，它像是长有翅膀，轻盈地降落在地上。然后它开始跑动，像离弦的箭一样射进黑暗中。

蓝能跟找到"坦克"的时候，一切已经晚了。他的手电筒照见了惊心动魄的一幕——一只母狗正在与坦克野合，面朝南北两个方向，共同享受幸福时光。面对突如其来光芒的照射和人的呵斥，两只狗也没有中断关系分开。这点人没法和狗比，人遇到捉奸首先的反应是分离，然后仓皇出逃。但狗却不一样，纵使天打雷劈、山崩地裂，也要将乐事进行到底。

蓝能跟看着他信赖的狗，正在被别的狗勾搭行奸，并且在人严厉呵斥的情况下也没有中断和停止。它们对人的存在和威胁熟视无睹，真是胆大包天、流氓透顶。

面对"坦克"的不忠和背叛，蓝能跟显然失去了理智。他疯狂地跑开，很快又疯狂地跑回来，手里多了一根铁棒。他把铁棒高高举起，朝着一个狗头，重重地打击。

狗凄厉的惨叫惊动村庄，引来了本不安宁的人们。他们循声相继来到现场，看到一条狗还在吠叫，而另一条狗则躺在血泊中，奄奄一息。

人们认得活着并痛哭着的狗是"坦克"，它的眼睛含着泪水。而行将死去的狗没有名字，但都认得它的主人是韦山。

主人韦山到来了，但他看见的只是狗的尸体。很显然他的狗是被打死的，因为狗的脑浆迸溅，血流一地。

杀狗的凶手蓝能跟也没有离开现场，他像是敢作敢当，也像是被先到来的人控制住了，他的手中还拿着铁棒，铁棒还在滴血。还有他的狗，与死去的狗寸步不离，像忠贞的情侣、当事者和目击者。它固执地留下，像是为了作证。

经过一番争吵和理论，韦山指着蓝能跟，说："不管是我家的狗勾搭你家的狗，还是你家的狗诱奸我家的狗，狗死活都不会说话，你也拿不出证据。但目前的迹象表明，你家的狗诱奸我家的狗可能性更大，因为大家都看到了，你也看见了，你家的狗对我家的狗不离不弃，眼睛含着泪水，现在还在哭。这说明什么？说明你的狗对我的狗，爱得很深。蓝能跟，你现在把我的狗打死了，它是我的狗，可它也是你的狗的老婆呀，你为什么舍得下这么狠的毒手呢？"

蓝能跟像是吵累了，也像是理亏了，他疲沓地说："我赔钱就是。"

"我不要钱！"韦山说，这个韦甲的堂弟、韦乙的堂哥口气铿锵有力，"我不和你做买卖。"

"那你讲怎么办？"蓝能跟说。

"杀人要用血来还，一命抵一命，这是人道。你现在打死了我家的狗，拿你的命抵狗的命，这又不人道。那么，就用你家的狗来抵命好了。"韦山说。他像是盘算好了，把处理方案讲得是头头是道、流利顺畅。

"这个……我不能答应。"蓝能跟看了看"坦克"说。他发现"坦克"也在看着他，眼睛里满是恩怨。

"你不答应也得答应，这是最公平和妥当的解决办法。"韦山说，他看着在场的村人，"大家讲是不是？"

村人纷纷附和，一致认为狗命抵狗命妥当和公平，就差没有投票。

"坦克"这时候走动了，它来到主人跟前，低头，摇着尾巴，像是恳求主人同意放弃它的生命。然后，它走到围观群众的中央，仰着头，却夹着尾巴，一副视死如归的样子。

韦山这个时候提议，要蓝能跟当刽子手，亲手结束"坦克"的狗命。

"这个我做不到！"蓝能跟坚决地说。他把手中的铁棒一扔，转身就走。

蓝能跟是怎么回到家的，又是什么时候回家的？他完全不记得了。他只记得，离开众人之后，他是在众人附近待了一会儿的。他回望黑压压、团团转的圈子，目光缱绻和决绝，像是对亲人爱恨交加的人望着亲人即将被处决的刑场。然后，他听到啪啪铁器敲打骨肉的声音，接着是群众的呼喊声，这些声音像夹着闪电的雷霆，把他击倒在地。被地火烧过一次的蓝能跟，又遭天怒和人怒。如果地狱真有十八层，他一定是跌到了最深的那一层。

蓝能跟出现在自家的院外时，已是天亮。院子大门是关闭的，这没问题，昨晚出去的时候他把大门关上了。他开门进了院子。房屋的门是虚掩着的，也许昨晚心急，忘了关了。进了房子之后，他在楼下待了一会儿，却看着楼上，像是在想怎么跟楼上的人交代昨晚发生的事。想着想着，他忽然感到不妙，飞跑上楼。只见卧室的门锁被撬坏了。他推门进去一看，卧室里没有了美伶。

## 七

蓝能跟又到乡派出所报案。他报告自己的老婆美伶失踪了。

接待他的仍是所长覃广来和他手下的警察。他们对发生在蓝能跟这个特殊男人身上的事，似乎特别的关注和感兴趣，招之即来，不请自到。

在听完蓝能跟大致的讲述后，覃广来说：“蓝能跟，按规定，人失踪四十八小时后，我们警方才可以立案，当然你随时是可以报案的，但立案得等满两天以后。在不满四十八小时内，家属要先自己找。”他看到了蓝能跟身体的焦急和眼睛里的不满，话锋一转，“除非有可能存在绑架、非法拘禁、拐卖妇女等刑事犯罪需要追究刑事责任的，我们必须尽快立案破案。但从目前你的报告来分析，绑架是不存在的，因为你没有收到电话或字条，索要赎金。非法拘禁？拘禁人是谁？动机是什么？你提供不了线索和证据。被人贩子拐卖？你说你老婆绝顶聪明、知识渊博，是不会上当受骗的。那么……"

"你就说帮不帮我找老婆吧！"蓝能跟打断说。

"帮，肯定帮。"覃广来说，"现在的问题来了，如果你仍然坚持把机器人美伶当是你老婆，当有身份的人，我们现在还帮不了。怎么才帮得了呢？就是，你把机器人不当人，而是当成财物。你的财物不翼而飞，被盗了，我们现在就能帮。你考虑考虑，是当人还是财物？"

蓝能跟跟自己斗争了好一会儿，开口说："只要能把人找回来，当什么都成。"

"不行，你要明确是人还是财物？"

"财物。"蓝能跟轻声说，像是从牙缝里艰难挤出来一样。他看着仍然不动的警察，站起来，几乎是吼着说："你们怎么还不行动呀，没听见吗？"

派出所这回只出动了两名警察，马光田和覃东。他们把蓝能跟请上警车，来到蓝家。

警察在蓝家提取到一个人的指纹，这个人的指纹很可能还是蓝能跟自己的。脚印也没有外人的，都是蓝能跟踩下的。但机器人切切实实是不见了，如果蓝能跟报告属实，那盗窃的人是个高手，是戴手套作案，并在走时把脚印清除了。院子的外边也没有车辙，或者说没有新的车轮压痕，除了刚驾到的警车。盗窃者应该是把车停在公路边或别的什么地方，才走过来入室作案的。撤离时还把来回的脚印清除。盗窃者是一个，还是几个？目前还不得而知。

警察把现场采集到的情况如实跟蓝能跟做了说明。马光田说："这个案子，破获会有一定的难度。也就是说，即使破获，时间也会很长。"

蓝能跟说："你们是不是缺钱，缺经费？多少？我给。"

覃东说："蓝能跟，你不能抹黑我们警察的形象。我们就是缺经费，宁可自掏腰包，也不会拿群众一针一线。"

"那是为什么？"

"因为盗窃者太狡猾了，"马光田说，"而我们的技侦设施还很落后，除了街上，村村屯屯都没有装上天眼。"

"什么是天眼？"

"天眼嘛，就像是神灵的眼睛。现在神灵还在睡觉，或忙别的地方的事情，他没有睁眼或顾不上看管农村和农民，包括上岭和你。"覃东说。

"那怎么办？"

"等。"马光田临走时说。

# 八

在蓝能跟等待的日子里，大成乡以及毗邻的乡镇道路，来往着一辆别具一格的面包车。它涂抹着鲜艳的黄颜色，左右两面车门喷着黑色的标语，分别都是：不一样的体验，欢迎来搞。后挡风玻璃粘贴的是一个美女放飞竹林鸡的画报。看上去，这是一部宣传和推广竹林鸡养殖的广告车。它醒目而通俗易懂，使人远远就认出它，一眼便记住它。它明目张胆而又小心谨慎地进出除了上岭村以外的村庄。圩日的时候，它还出现在街的附近，在僻静处停留，接待老顾客和老顾客介绍来的新顾客。

面包车的主人是韦甲、韦乙兄弟。

显而易见，兄弟俩对原有的面包车进行了改装。除了外部喷上鲜明的颜色、标语，粘贴上画报，内部也有大动。首先是把后面两排座椅拆了，再修改成一张床。床上铺有床单，放有枕头和被褥。

从初冬开始，车里的床上长期卧着一个人，一个比后挡风玻璃画报上还要漂亮的美人。她被韦甲、韦乙兄弟俩囚禁在车上，不断地接客。无数乡村的男人，一传十十传百，纷至沓来，在先付钱后，实实在在享受着明星级别的女人，在这个与众不同的女人身上发泄。他们中有已婚的，更多是光棍汉。上岭村的光棍和极个别已婚男人，也有不辞老远来的，但必须是口头盟誓保密，有的甚至是交了保证金以后，才可以触碰女人的身体。因为客人应接不暇、夜以继日，女人自从第一次接客后，基本上就没有换过衣服。稍有一阵空闲，韦甲或韦乙就扯上被褥，将她盖上。

黄色面包车在方圆一百里的乡村穿梭了一个半月，它惹眼、招摇、热闹，像冬天里的一团火。如果不是发生意外，这团火永远都不会熄灭。

意外发生在大成乡隔壁的龙湾镇，离公元2016年岁末还有九天。这天是龙湾镇的圩日。韦甲、韦乙兄弟驱车来到镇上附近的断桥边，这是他们第四次来这里，算是老地方了。他们在老地方接应老顾客和新顾客，韦甲负责收钱，韦乙负责放哨。一切如常。

日薄西山，韦甲收了最后一名顾客的钱后，放顾客进了车子里。他判断这名戴鸭舌帽和墨镜的似乎是见过的老顾客，这次也坚持不了多久，于是准备收摊。

在远处放哨的韦乙也放松了警惕，他跳下石头，背靠石头坐下，拿手机玩游戏。两个蒙面人突然从石头的两边出现，擒住了韦乙。

正在车外边打扫清洁的韦甲，猛然看见两个蒙面人押着弟弟走过来。他慌忙地退后，打开车前门，跳上驾驶座，企图开车逃走，或冲撞绑架弟弟的人。但他的脖子立即被一把刀抵住，叫他别动。动刀的人无疑就是刚才上车的戴鸭舌帽和墨镜的男人，他装成嫖客守在车内，与外边的绑匪里应外合。韦甲意识到这一层的时候已经晚了。

三个绑匪在车边聚首。韦甲也被勒令下车，与弟弟绑在一起。车上的女人早已经被戴帽子和眼镜的男人捆绑和堵住了嘴，他到现在还没有发现他嫖过的女人身体的秘密。因为时间关系和重任在身，这次他没有嫖。

一个绑匪勒令韦甲交出身上和车上所有的钱，他认为钱应该是由负责收银的韦甲保管。果真如此。韦甲一听是劫钱而不是索命的，就和盘托出，让劫匪把身上、车上的钱全部搜去了。

达到目的的劫匪把车钥匙扔进了韦甲、韦乙身后的草丛，然后扬长而去。

韦乙的手很快挣脱了捆绑的绳索，原来他被绑的时候尽力地将双手撑开，只要手一合拢，绳索也就松动了。聪明的弟弟接着解救哥哥。保住性命的兄弟俩想着被劫走的钱，越想越来气。这可是他们用智慧冒险挣来的钱，岂能让别人轻易地夺去了，何况兄弟俩在大成乡赫赫有名，却在龙湾镇这鸟地方被欺侮到家，以后脸没地方放呀。

兄弟俩经过商量，决定选择报案。他们徒步来到龙湾镇派出所，报上大名和案由。

经过警察一夜的追捕，劫匪是被逮住了。但是韦甲、韦乙兄弟也跑不了，他们报警之前忘了，他们是盗窃犯和"老鸨"。

龙湾镇的警察一开始并不知道韦甲、韦乙兄弟涉嫌盗窃，只认定他们是老鸨。经劫犯指认，警察在断桥边停留的车上，发现了被韦甲、韦乙兄弟逼迫卖淫的女人。他们把封住女人嘴巴的胶带撕开，问女人叫什么名字？女人说，我叫美伶。

一天之内，龙湾镇的警察一举破获两案，既抓住了抢劫犯罪团伙，又粉碎了一座流动的妓院。他们还不知道，其实破获的是三个案子。直到两天后县公安局发通报，才知道。

大成乡派出所警察马光田和覃东，从县里领回了被韦甲、韦乙盗窃的机器人美伶。在交还给失主之前，所长覃广来吩咐马光田和覃东，把脏了吧唧的机器人擦洗干净，换上新的衣服。他说这叫还人清白。

美伶被送回了蓝家。苦等近两个月的蓝能跟看到失而复归的老婆，流下悲欣交集的泪水。他什么都没有问，似乎什么都明白了。

倒是警察告诉蓝能跟，拐走美伶的犯罪嫌疑人是上岭村的韦甲、韦乙兄弟，他们还没来得及把美伶出手，就被外地警方抓住了。马光田说，他改变了韦甲、韦乙兄弟作案的性质，并字斟句酌在话里使用了"拐"字，像是为了避免蓝能跟知道真相后更加伤心，或许是他已经把机器人美伶，当人看了。


# 九

公元2017年新年已经到来，而旧历丙申年还没有过去。

处在新旧更迭之间的上岭村，白天洒着阳光，晚上飘着雪花。大多数的人仍然是通宵达旦地赌博，他们认为这就是劳作。而日上三竿，人们才开始睡觉。也就是说，什么都没有变。星星还是那颗星星，月亮还是那个月亮，山还是那座山，河还是那条河。认钱的人仍然只认钱。不认爸妈的人仍然不认爸妈。

现在是夜晚，在村西头的蓝家，外边下着雪，里边烧着炭火。火盆边没有人，却在坚持地供热，像是没有学生的老师坚持去学校升旗一样。空荡荡的楼下，有老鼠在出没，它们有的往外寻找食物，有的往里搬运食物，像一个既勤俭持家也吃里爬外的群体。

蓝能跟在楼上。他在卧室里，手里拿着一瓶液体，静静地看着床上女人的脸。

美伶的脸还是好看极了，好看到所有人看了仍然都会发抖。她的出现和到来，惊动了那么多的村庄和那么多的人，惹了那么多的是非和祸乱。这一切事件的发生，都因为这张漂亮的脸。她知道是她漂亮的脸引起的吗？她的脸如果不再漂亮呢？她知道这么多天我想什么吗？她知道接下来我要干什么吗？

蓝能跟拿着液体的手在抖，那是因为他的心在抖，就像地震是地心异变地上的房屋才摇晃或坍塌一样。他的手现在就像抖动的房屋，手上装着液体的瓶子，就像屋顶上危在旦夕的水罐，只要任何一样倒塌，都会造成不可挽回的损害和灾难。但是损害和灾难现在还能避免吗？不能了。只要这张脸没有变化，不变得像我一样丑，那么是非和祸乱还会继续发生。蓝能跟想。她变丑了，就只有我还喜欢她，一如既往地喜欢，蓝能跟还想，这样我们就能一起老去和死去。

蓝能跟把所有的问题又想了一遍，手突然不抖了，或者说已经不是抖了，而是倾覆。手上的瓶子已经瓶底朝上，瓶中的液体正从瓶口流出，滴落在女人美伶的脸上。

滴液在美伶的脸上慢慢地洇开，所到之处冒着轻烟，还发出滋滋的声音。它烧灼精致的皮肉，创伤面积越来越大，像人为而又无法扑救的火，最终吞噬了美丽的森林。

蓝能跟想起那年，在矿山坑洞里瓦斯爆炸的那一瞬间，烈火灼烧他的身体，应该也是这么残忍。他拼命地喊叫和挣扎，但是都没用，越是折腾，只会使火烧得更旺，伤得更彻底。

此刻的美伶的脸被残忍地伤害，但是她却没有喊叫和挣扎。她看上去没有痛苦，平静地接受火热的毒液侵蚀她的皮肤，将曾经多么生动的脸烧焦。

然后蓝能跟抱着美伶，像两棵树抱成一棵树。他将自己的脸贴在她的脸上。两张一致的脸结合在一起，亲密、般配、和谐，像树上令人惊叹的果实。

二

丁酉年记

一

上岭村有钱人排行新鲜出炉。

韦宝路跃居第一。

今年四十六岁的韦宝路，坐了二十四年的冤狱，共获得二百八十九万元国家赔偿。

上岭村又炸了天。去年炸天的一件事，是丑八怪蓝能跟娶了个机器人做老婆。今年蒙冤二十四年的韦宝路昭雪出狱，并获得国家巨额赔偿，这件事比那件事更炸天。

这件事其实是两件事，出狱是一件事，国家赔偿二百八十九万元是一件事。

上岭村的人们对这两件事都非常地感兴趣，比外面发生的任何事兴趣都大，因为这是身边的事，是多少都与和韦宝路沾亲带故的人们相关联的，有的甚至是息息相关。比如他九十二岁的母亲、伺候他母亲的侄子韦山、二十四年前差点成为他岳父的樊久贵，等等。他们都是韦宝路出狱后迫切想见的人。见母亲的理由自不必说了，骨肉相连，舐犊情深。

而韦宝路入狱时才五岁大的侄子韦山，为什么要见呢？因为这么多年来，是韦山在照顾他的母亲，当然也是在照顾他的奶奶。至于樊久贵，韦宝路想见他的原因，无非是想知道，他那差点成为自己老婆的女儿樊妹月现在在哪？过得怎么样？

韦宝路重现在村庄的那天，是腊月十七。

这天往来村庄的人很多，因为临近春节的缘故，在外打工或读书的人陆续返乡，留守的人要么出去采购年货，要么出去接人。出入村庄的汽车、摩托车像两列相向而行的蚂蚁队伍，一派熙熙攘攘、浩浩荡荡的景象。

那么多人出没，却忽略了站在村口的一个人。无数双眼睛，竟没有一双认出衣着光鲜、个子高瘦的韦宝路。

韦宝路站在村口，停留了很久。他怯生生地看着往来的人，期待有人注意到他、认出他，然后领他回家。他当然记得家在哪里，闭眼都能找得到。只是如果有人打个招呼，指路也行，那么心情会好一些，感觉会暖一些。但是很显然，所有的人各走各的，形同陌路。谁都没看见，看见了也没想到，想到了也认不出来，驻足村口左顾右盼，像一棵向人摇摆枝条的柳树，渴望迎迓和接纳的男人，正是赫赫有名、少小离家老大回的韦宝路。他背着一个沉重的双肩包，看上去像是一个远足的旅人。

失望的韦宝路将目光从行人转向村旁的一排树。树木葳蕤，芳草碧绿，即使是冬天，村庄的植物依然不败，像是一年四季保持清澈的泉水。他移动双脚，走向那排树的其中一棵，像是那棵树认出他来向他招呼一样，他来到这棵树下。这是一棵红枫树。红枫树现在不红，或是已经红过了，在他归来之前，每年都有一段色彩绚丽的时光。韦宝路当年离开村庄的时候，这棵树还小。他常给它施肥，供应牛粪，或朝树根撒尿。他最后一泡尿距今将近二十五年了，而这棵受过韦宝路培育的红枫树已经高耸入云、枝繁叶茂。它等了他二十五年。

等了韦宝路二十五年的，无疑还有他的母亲。她不可能像树一样，越是久等越是繁茂。她是人，像是燃烧的蜡烛或者油灯。所以，不能让母亲再等了。他已经在村头停留了很久。

村庄已经大变样，主要体现在建筑上。一幢接一幢楼房拔地而起，像是冒出水面的舰艇。韦宝路从它们的面前一一走过，心里还是为村庄感到自豪，尽管他没有为村庄的富强出过力，甚至相反，在过去的二十四年，他给村庄带来的只有晦气和耻辱。唯一可以安慰的是，他现在已经雪耻了。他希望自己也能像钢筋和水泥一样，浇铸成村庄的一道实用的风景。

在村中偏北的坡岭下，一座泥瓦房出现在韦宝路的眼里。在周边的楼群中，它像群芳中的一个老女人，显得特别和孤独，越是靠近，越是显得没落、破败、苍老和寂寥。

这是他的家。他祖上居住并留下来的房屋。他在这屋里出生。十五岁的时候，两个哥哥与他分家搬出去住后，就只有他和母亲居住。那么他坐牢的二十四年里，就只剩下母亲了。

母亲现在在屋里吗？或许在，或许不在。从监狱里放出来，又在法院安排的宾馆住了一段时间，韦宝路没有和家人联系过。家里的情况，还是法院的人告诉他的。他之所以不急着通知家人，是为了不让母亲受惊。他要等一切办妥当后，才悄悄地回来。这时候即使母亲受惊，他可以抱着她，用清白的身体、书面证明，甚至现钞，尽快地抚慰母亲，让她安定。他的想法得到法院法官的支持，他们也不希望这起平反了的冤案，过快过大地声张。

房屋的门是开着的，母亲在家的可能性很大。或许照顾母亲一日两餐的侄子韦山也在，因为这是正午，母亲该吃午饭了。

韦宝路走进家门。在堂屋里，他没见到人。他放下背包，走到灶房，也不见人，连生火的痕迹也没有，因为灰烬是冷的。最大的可能性是在里屋了，那是母亲的卧室，也曾是他的。

里屋摆着两张床，连接门窗。靠门边的一张床，蚊帐是打开的，看得见被褥和枕头。这是韦宝路睡过的床，基本保持原样。靠近窗户的另一张床，蚊帐垂落封闭，蒙尘烟熏，黑魆魆的，什么都看不见。

韦宝路来到靠近窗户的床前，轻轻地掀开蚊帐。他看见耄耋的母亲，在冰冷、生硬、油腻的被窝下露头，像一只甲虫。她眼睛睁开，但全部是白的，眼珠子被白膜覆盖，像是相机镜头套上了护盖。母亲难道眼瞎了吗？

韦宝路紧张地叫了声妈，妈妈，我是宝路。

母亲有反应了，她把头抬了起来，在韦宝路的帮助下坐起。她伸出双手来摸韦宝路的头和脸，摸得非常地仔细，像是盲绣一朵花一样。像是熟悉自己的作品，哪怕久违几十年，她一摸索，便确定是自己的作品。母亲脸上的表情开始变得生动和出彩，嘴唇颤抖，像复苏的水井，皲裂的皮肤泛过一丝红润。眼睛虽然没有放光，却流出了泪水。

母亲果然是瞎了，但似乎已不重要。重要的是，儿子回来了。离开近二十五年的小儿子，切切实实又回到身边。

母亲说话已不利索，吐字含混不清，像是岁数大了，也像是长年不和人说话的缘故。韦宝路也一样，说话迟钝、吞吐，而且是先在脑子里想过一遍才说出来。他在监狱二十四年，也极少和人说话。其实这二十四年，母亲何尝不是坐牢呢？她承受的痛苦和折磨，应该不少于儿子。

母子俩困难地进行交流、沟通，一问一答，或答非所问，反反复复，总算讲了清楚，也听得明白。母亲已大概知道，儿子杀人的罪名，终于被证明是冤枉的。他一直是清白的身，只是现在才获得自由。母亲听明白后说，这么多年，我没有一天不相信，我小儿子宝路，不会杀人。

侄子韦山在下午一点过后，走进了祖屋。他在前堂看见一个既大又鼓的双肩包，预感到是小叔回来了。这之前他已经耳闻，小叔的案子已经重审，有可能无罪释放。只是没想到小叔没有通知就回家了。他迈步走进里屋，果然看见一个高瘦男人的身影，他不假思索、毫不犹豫地直呼小叔！

韦宝路回答，是韦山吧？

韦山说："我不知道小叔今天回来，你也不通知一声，我好去接你。我……刚刚还上街去了呢，去给奶奶买药。"他见自己两手空空，拍了拍裤兜，"可到了街上，发现钱没了，被小偷摸走了。想起奶奶还没吃中午饭，又急忙赶回来。等下再去买药。"

韦山明显在撒谎。真实的情况是，他没有上街，而是在村庄的一个赌点，输光了钱，才回来的。

韦宝路自然是相信侄子的话的。他感激地看着这个二哥的儿子。他已经从法官那里知道，自从十年前母亲不能自理，便是二哥的儿子韦山前来料理和照顾，十年如一日，很不容易。

韦宝路大步走出里屋，从前堂提过背包，再进来。打开背包，里面装满物品。那一件件新衣、鞋袜、手机、糖果、饼干等，都是他对亲人的思念、歉疚和报答。

韦山接过小叔赠送的华为手机，一看正是自己想换一直没换上的那一款，高兴得合不拢嘴。他当即把卡从旧手机里取出来，用新手机给父亲打电话，再给大伯打电话。

大哥韦宝丰、二哥韦宝收闻讯而来。他们三步并作一步，像是追赶时间夺回亲情，终于见到二十多年不见的弟弟。

三兄弟相见，没有像常人那样拥抱、痛哭，而是默默地相视，然后递烟、点烟、抽烟。韦宝路本来是不抽烟的，但现在抽上了。三个男人在屋里，在母亲跟前吞云吐雾，呛得母亲咳嗽。于是他们都把烟掐了。韦山这时煮好了一碗面条端进来。韦宝路接过面条，去喂母亲。他每夹起面条，都要先朝面条吹气，待冷却后才往母亲嘴里送。

一大碗蛋面，母亲居然吃光了。韦山说这是少有的现象，看来药也不用去买了。

酒肉也不用去买。韦山飞快地跑回自家，拿来了酒肉，张罗欢迎小叔的家族宴。

宴席还限定在小范围，也就一桌。大哥、大嫂、二哥、二嫂，以及母亲和韦山。

韦宝路问大哥："怎么不见韦甲和韦乙？"他所过问的韦甲、韦乙，就是大哥的两个儿子，也就是他的侄子。

除了母亲，韦宝路见大家的脸都沉了下来。

大哥扯了扯韦宝路，将他带到一边，悄悄告诉韦宝路，"韦甲、韦乙，就在不久前，因为盗窃本村蓝能跟的机器人老婆，去从事卖淫，被抓了，关在看守所里，还没有判。这个事妈不晓得，不能让她晓得。"

韦宝路满脸歉疚，因为问了不该问的事。大哥叹了叹，但没有怪弟弟的意思，他扯了扯弟弟，"我们回去吧，该吃吃，该喝喝。"

家宴进行了很久。母亲被抱回里屋睡觉了，兄弟叔侄们还在喝，但重心是谈事了。

韦宝路如实告诉亲人们，他获得了二百八十九万的国家赔偿。

听到的人全傻了，很久才缓过神来。

最先气定神闲的大哥望了望四处破陋的房屋，说："那么，这老破房，可以推倒重建了。你不在的这些年里，我是主张过重建的，你二哥也支持。但是妈不让，妈说，建了新房，你有朝一日回来，就找不着家了。妈还不愿意搬出去跟我们住，她一定要住在这里，等你回来。现在你回来了，房子就可以重建了。"

韦宝路说："好的。建房子的钱，我全部出。大概需要多少？"

二哥心算了一会儿，说："起码三层，最好四层，四层的话，连装修，估摸要六十万。"

韦宝路说："那就四层。"

二哥说："在建房的这段时间里，你和妈就住到我家里。当然你们愿意去大哥家住也行。但我家比大哥家宽些。"

"韦甲、韦乙现在进去了，看情况三两年内是回不来，我家也宽的。"大哥说。

两位哥哥在争母亲和弟弟的居住权，像是在文明地抢球，然后又把球抛给弟弟韦宝路。

韦宝路为难了，但很快有了主意，说："听妈的吧，她愿跟大哥就去大哥家住，愿跟二哥就跟二哥。妈住哪我住哪。"

二哥的儿子韦山说："这么多年都是我在照顾奶奶，这个问题我想不用讨论了。我们讨论下一个问题。"

下一个问题是什么？三兄弟面面相觑，然后看着韦山。

"这还用想吗？"韦山说，"小叔今年都四十六岁了，当务之急，是娶老婆！"

这话直抵人心，大哥、二哥连忙点头说，是的，对对。

韦宝路自然也是心动的，嘴上却说："不急，慢慢来。要有合适的才行。"

韦山说："这事包在我身上，小叔。"

大伯韦宝丰鄙夷地看了看侄子，说："你都三十了，都没有老婆，还帮你小叔找，谁信你呀？"

"我至今找不到老婆，还不是因为照顾奶奶！"韦山理直气壮地说，他看了看韦宝路，"还有，也受了小叔一定的牵连。谁愿意嫁我们这样的人家呀？"

"对不起。"韦宝路对侄子说。

二哥韦宝收打圆场说："韦山这边努力，我们这边也努力，我们共同努力，争取尽快给宝路找个好老婆。"

"拖都拖了这么久，熬也熬过来了，都无所谓了。找老婆的事不着急，这种事要随缘，真的。"韦宝路说，他口气淡定，像是真话。

大哥说："那么这事先放一放，但也不能放得太久。建房是首要的任务，接下来还要做什么呢？"

二哥想了想，说："请全村人吃一餐饭，大张旗鼓地宣扬宝路是无罪释放，是清白人，很有必要。"

大哥说："我同意。宝路离开上岭那么多年，很多人都不记得他也不认得他了，借这个机会，让他们认识认识宝路，也让宝路认识认识他们。"

"好的，听大哥二哥的。"韦宝路说。

"只是我们这次请酒，可能与别的请酒不同，"大哥说，"我们这种请酒是出狱酒，没有先例，所以最好不要来客随礼了。相反我们可能还得给来人发红包，因为宝路获国家赔偿的事，我看瞒是瞒不住的，不分点利市给父老乡亲，恐怕是遭人恨的。再说，我们建新房子，还要请很多人帮忙呢。"

"村里六百多口人呢，要发多少才够？"韦山说。

"大人二百，小孩一百，我看可以了。"二哥说。

"大人小孩算各占一半，人均一百五，六百乘一百五，那也要九万多到十万。"韦山计算说，"还有请酒的钱呢？加起来不得好十几万！"

"没事，"韦宝路说，"这酒该请，红包也要发，干脆，每人都二百吧。"

大哥、二哥和侄子瞠目结舌，却心中暗喜，为弟弟、小叔的慷慨大方。对乡亲尚且如此，那么对至亲呢？自然是不在话下了。

二

酒宴从腊月二十一中午开始到晚上，来了六十五桌人。也就是说，上岭村人几乎全部到齐了。二哥韦宝收家房屋的里里外外，人头攒动，比初一的庙会还拥挤。

韦山负责给来人发利市红包，一人二百。有的人领了红包后还来，他们大多是小孩，但怎么可能诓过记忆力超强的韦山呢？他在牌桌上可以记住所有出过和还没出过的牌，他常输钱是运气不好而不是技术问题。更何况他早有防备，在每个领了红包的小孩额头上点了朱砂。

所有的事情均由亲人们张罗，韦宝路只负责坐立在那里，笑眯眯地陪同母亲一起，接受人们的祝愿。

下午，人群中出现了一个人。韦宝路看见他后，坐不住也立不稳了。

这个人就是樊久贵。

樊久贵到了韦宝收家酒宴现场，却没到韦宝路和老人的跟前来祝福。他像是忌讳什么，或歉疚、愧悔什么，总之很例外地一来就在酒桌边坐下，默默地吃菜喝酒。

韦宝路还是发现了他，像是操办这么大的酒宴就是为了等这么一个人，只要他来，怎么可能不被韦宝路发现呢？尽管他老了许多，快七十岁的人了，头上已经谢顶，光溜溜的，但韦宝路仍然认出他来，因为他是韦宝路出狱后迫切想见到的人之一，在狱中韦宝路都梦见过他。如果韦宝路不蒙冤入狱，樊久贵铁定就是他的岳父。

时间从现在往回倒流二十四年前，也就是1992年12月11日那个冰冷的早上，韦宝路被警察带走的时候，樊久贵就在场。他们同住一屋，看上去像父子。樊久贵宣称只是韦宝路的木工师傅，事实上也是。他带他来H省S市务工，分包华夏商城二层装修的木工项目。工作时，徒弟勤快好学，吃苦耐劳。下班后，徒弟鞍前马后、悉心周到。这优良秉性深得师傅喜欢。其时师傅已经知道，徒弟是看上了他的女儿樊妹月，樊妹月也看上了韦宝路。他偷看过女儿写给韦宝路的信件。对女儿和徒弟的恋情，樊久贵只是装作不知而已。

韦宝路被警察从出租屋抓走，樊久贵的反应是很震惊的。他开始以为是冒充警察的坏人入室绑票，从木工箱操起了斧头，然而却被两把枪指着喝令别动。他眼睁睁地看着徒弟被四五个人摁倒在地，然后被反铐，戴上头套，拖出出租屋，像一头从猪圈里拖走的猪。

两天后，樊久贵就从报纸上知道，两天前，就是9日夜晚，发生在华夏商城附近红宫大酒店建筑工地厕所里的奸杀案，就是徒弟韦宝路干的。报纸上写的犯罪嫌疑人为广西籍民工韦某，樊久贵清清楚楚地知道指的是谁。

在报纸登出消息的前一天，樊久贵被警方询问，9日夜晚七时三十分至九时十分，他的徒弟韦宝路在哪里？在干什么？

那天也奇怪，下班后，徒弟韦宝路没有和师傅一同返回出租屋。他说他要办点事，让师傅先回。什么事他没说。樊久贵回到出租屋，独自煮饭做菜，照常喝了点酒，然后洗洗就睡了。通常他十点之前肯定就睡了。总之那天他睡之前，徒弟是还没有回来的，肯定是在他睡了后才回来的。至于什么时候回来的，就不知道了。

樊久贵对警方如是说。他说的是事实。

师傅的叙述成为徒弟奸杀受害人的佐证。

二十多年来，樊久贵一直为此内疚和后悔。他认为在警察提供的那个时间段里，他承认韦宝路不在出租屋的证明，增强了韦宝路是奸杀嫌疑人的确凿性，就像是在一个重伤的人背后又补一刀，彻底地断送了他的前程和人生。

所以今天，樊久贵是不敢直面蒙受冤狱的韦宝路的。他受到邀请后，斗争了很久，人虽然来了，却怯懦地没有走到韦宝路的跟前。

韦宝路向樊久贵走去。他来到他跟前，恭恭敬敬地招呼："师傅，你来了。"

樊久贵手足无措，"哎，哎，宝路，宝路。"

韦宝路扯了一张凳子，在师傅身边坐下。他端酒敬师傅。

樊久贵接受韦宝路的敬酒。他也回敬了韦宝路一杯。他的手由战战兢兢逐渐变得自如。

韦宝路在樊久贵身边坐下后，就不再走动。他一直陪着他的师傅，多久都要陪着。

到了夜晚十点钟，喝了六七个小时的樊久贵把持不住了。临走时，他对送他的韦宝路说："宝路，妹月后来嫁给了加禾村一个姓罗的男人。如果你想见她，我可以安排。"

# 三

韦宝路与樊妹月见面的地方，就在大成中学旁的河岸。中学在岸上，他们在岸下。岸下竹林幽幽，人迹罕至。加上学校已经放假，就更没人来了。

这是他们曾经手牵手来过的地方。韦宝路和樊妹月的初吻，便是在这里。那时韦宝路是高中三年级，樊妹月是二年级。学长吻学妹，两人一吻便私订了终身。无论考不考得上大学，无论富贵还是贫穷，韦宝路都要娶樊妹月为妻，樊妹月都要嫁韦宝路为妇。高中毕业，韦宝路以六分之差，没有考上大学本科。专科他又不愿意读。他打算明年再考，与樊妹月一同高考，万一一同考上，万一考上的还是同一所学校同一个专业同一个班，那真是十全十美的事情。韦宝路想得美，但天公不作美。第二年高考前夕，两人还躲在河对岸樊妹月的姑姑家复习。他们打算第二天一早再渡到对岸的中学参加考试。按往常渡河最多二十分钟，完全来得及。但就是高考前一天晚上，天降暴雨，山洪肆虐，所有的水都往河里灌。第二天一早，韦宝路和樊妹月来到河边，一看蒙了。码头上没有船，只有断绳一根。这也不要紧，岸上有备用的竹排。要紧的是，猛涨的河宽阔了一倍，把竹林都淹没了，而且水流湍急。小小竹排如何渡过河去？高考在即，韦宝路决定冒险一试。他把竹排推下河，与樊妹月上了竹排。他站着，樊妹月蹲着。竹篙在韦宝路的手上，向竹排的两边划动。竹排缓缓沿着岸边，往上游前进了一段距离，然后开始往对岸下方的码头渡去。韦宝路以为自己算准了，有超长的这么一段距离，在水流的冲击和自己的把控下，竹排是可以斜渡到对岸的码头的。可是竹排到了河中央，水情完全出乎韦宝路的想象和预计。他没想到、或忘了计算河上还有风，而且是跟着水流走的顺风。尤其河心的风，大得可以排山倒海，一个竹排怎能人为操控得了呢。竹排失控地旋转，并向下游狂漂，最终在距离对岸码头十几公里外的一处河湾，被倒下的一棵大树挂住。

　　韦宝路和樊妹月赶到考场的时候，第一科目语文已经考完了。缺了一科，接着考下面的科目还有什么意义呢？就算科科高分，也是很难考上了。何况韦宝路和樊妹月都不是考高分的那块料。于是两人索性不考了，来到河边抱着痛哭，任眼泪像河水奔流。

高考一结束，两人像正常考生一样回家，等待分数出来。公布分数的时间到了，他们便去中学看分数，然后回来，韦宝路告诉大哥，他考了二百七十分，比去年还低。樊妹月告诉她爸樊久贵，自己考了二百六十九分。因为上岭村这年就樊妹月和韦宝路参加高考，樊久贵还问韦宝路考了多少？樊妹月说比我高一分。樊久贵又问这个分数能上什么学校？樊妹月说什么学校也上不了。樊久贵说你们两个还真是不相上下呀。

就在这年深秋一个月光融融的夜晚，韦宝路拎着烟酒、鸡鸭，走进樊久贵家，拜木匠樊久贵为师。这是他取悦未来岳父的第一步，只是樊久贵还不知道而已。他满心欢喜地收韦宝路为徒，在本乡本土教学，实践了一两年时间后，他带上徒弟跨省去挣钱。然后不久，就发生了韦宝路奸杀女人的事件。

二十多年过去，韦宝路从监狱里出来了，他背回几百万元的国家赔偿，还叫樊久贵师傅。那天韦宝路不离不弃陪了樊久贵六七个小时，樊久贵是看出了韦宝路的心思，他还想着自己的女儿。第二天一早，樊久贵急匆匆赶到加禾村，和嫁在罗家的女儿做了一次长谈，最后说韦宝路想见你。樊妹月说见就见。

樊妹月来到岸下竹林的时候，韦宝路已经在那了。她看见一个高瘦的男人，穿着光鲜的衣服和锃亮的皮鞋，在她和韦宝路初吻和抱头痛哭过的地方沉思，她当然肯定他就是韦宝路。宝路，她叫道。韦宝路转过头，其实他从脚步声已经觉察到她来了，只是矜持地要等她一声呼唤，才转过身来。妹月，他回应。二十多年前曾经的恋人今天重逢，这样的开场白是没有问题的，像是按剧本走的一样。韦宝路不可能上前去拥抱她，他已经没有那样的冲动。他出狱后想见樊妹月的目的，不是重续旧情，而是另有主题。他选择在这个老地方与樊妹月相会，不是为了故地重游，而是他只知道这个地方不易被人发现。他很怕她对此产生误会。所以，樊妹月一往他身边靠，他就后退，总是与她保持三到五步的距离。

"我是不是老得让你害怕了？"樊妹月说。四十五岁的她是老了，看上去非常缺少保养。头发白了不少，干涩没有光泽。脸上皱纹密布，皮肉松弛，像烤红薯的表面。身体也胖了很多，身上的衣裤还紧绷绷的，显得更加胖，像一个沉重而又廉价的包裹。而且她今天来一定是经过了修饰的，都还这样。可见岁月真是一把杀猪刀呀。她唯一可取的是一股骚劲，而这又是韦宝路不需要的。

"我也老了。"韦宝路说。

"听说你出来了，我很高兴。"

"是吗？"

"我爸前天找我，说你想见我。开始我还以为他骗我，因为……"

"樊妹月……"

"嗯？"

"我见你，主要是想问你一个问题。"

"什么问题？"

韦宝路盯着樊妹月，像是在看她说不说实话。

"什么问题？"

"就是，"韦宝路说，"1992年12月9号那天晚上，我去火车站接你。你为什么没有来？"

"我来了，"樊妹月说，"但是我坐过站了。我坐了一夜又一天的火车，都没有睡觉，快到S站的时候，我竟然昏睡过去。醒来的时候，S站已经过了。我在下一站下车，你没有电话，我打不了你的电话。我爸也没有电话，有也不能给他打电话。于是我在客栈住下了，想第二天再坐车到S站去。第二天上车买票，钱又不够了，只够坐半程。我在半道下了车，走一天路到S站，找到你寄信的地方，见到我爸。我爸说你出事了。出的竟然是那种事，我气得……当时我真的很气。我不理你就回来了。"樊妹月讲述这段陈年往事的时候，流利、通顺，不像是编造。

"我是冤枉的，"韦宝路说。"我没接上你，就回去了。回去的路上，经过一个厕所，想上厕所。我进了男厕所，确确实实进了男厕所。然后我听到隔壁墙有人叫，救救我。声音很小，但是听上去很凄惨。于是我就出来，绕到隔壁墙去，进的是女厕所。我看见有一个女的躺在那，没穿裤子，脸色铁青，脖子上有勒痕，已经快断气了。我把外套脱下来，给她盖上。然后我害怕了，就走了。然后隔了一天，警察找到我，把我抓了，说我奸杀了那个女人，先奸然后用我那件外套勒死了她，要我承认。我开始是不承认的，人不是我奸杀的，当然不能承认。于是警察们打我，给我上刑，上各种刑。我受不了，只好认了。后来就判我死刑，因为我一直喊冤，才判我死缓。我坐了二十四年牢，直到去年，不知什么地方的警察，抓到一个犯了许多案的凶手，他供认1992年12月某日，曾经在S市华夏商城附近的一个厕所奸杀过人，这才把我救了，我才申了冤。"

"当时谁都不知道你是冤枉的。"樊妹月说。

"我妈就相信我不会杀人，我以为你也相信。"韦宝路说。

"所以我成不了你妈的儿媳妇，"樊妹月说，她叹了口气，"唉，这都是命。"

"你是什么时候嫁人的？"

樊妹月迟疑了半会儿，还是说："你判刑后，我就嫁了。"

"你爸说你嫁给加禾村一个姓罗的。"

"对，你认识，你们是同学。"

"罗体亮？"

"是他。"

"为什么是他？"

"你们班除了你，就他相对好一些。"

"是不是我追你的时候，他也在追你？"

"我的初恋是你。"樊妹月说。

韦宝路忽然觉得十分地难受，就像一个人的心爱之物被迫转让一样，时过境迁，还赎不回来了。现在这种情况，他也不想赎回。他捡起一块扁石头，朝河里扔。石头在水面上打漂，蹿了两丈远，才沉下去。

"听说国家赔了你八百一十万？"樊妹月突然说。

韦宝路愣怔："你听什么人说赔了我这么多？"

"都这么传，我爸也说。"

"你爸一定是喝多了，听糊涂了，"韦宝路说，"没有那么多，哪有那么多？"

"那是多少？"樊妹月说，她往韦宝路身边靠近一步，像是一个值得他信赖的人。

这回韦宝路没有退缩，像一个立场坚定的人。"二百八十九万。"他说。

"对外可以这么讲。"樊妹月说，她的意思，像是韦宝路把她当成了外人，没有跟她说实数。

"我对外对内都这么讲，"韦宝路说，"就是二百八十九万。"

"好啦不谈这个，再谈这个就变味了，"樊妹月说，她目光转移，轻松地望着平静、清澈的河水，像一个放下包袱的人，"下一步你怎么打算？"

"不知道，"韦宝路说，"先养一养，适应一段时间。过完年再说。"

"对的，你受了那么多年苦，是该享受享受，你现在也有条件享受。"樊妹月说。

"年货买了吗？"韦宝路说，他岔开话题，问了似乎不该问的问题。

"没呢。我今天跟老罗说，我是上街来买年货的。"她说的老罗，指的是她的老公罗体亮。

"今天是腊月二十四，还有六天就是春节了。"韦宝路说。他故意不接茬，像是不想听樊妹月提老罗这个人。

樊妹月偏偏哪壶不开提哪壶，"老罗，罗体亮前几年开始病了，"她说，"去医院治也治不好，还花去十几万块钱。现在就窝在家里，静养。"

"什么病？"韦宝路说，像是关心或突然感兴趣了。

"说是癌，肺癌，又能挨这么长时间。不是癌，又治不好，整天病恹恹的。"

"那你赶紧回去吧，买了年货回去，照顾他。不能让他等久咯。"韦宝路说，像是终于找到结束约会的理由。

"好的。"樊妹月说，像是聪明的人。

韦宝路从夹克内层口袋掏出两沓钱，目测像两万。他把钱递给樊妹月。"我今天只带这么多，"他说，"你拿去，买些年货，剩下的，给罗……老罗买药和补品吧。"

樊妹月接受韦宝路的赠予，她上眼皮朝下，羞惭地看着别人施舍的钱。"谢谢。"她低声下气地说。

韦宝路看着樊妹月走了。他仍然留在岸下的竹林里，踱来踱去，像一头虽然自由却找不到同伴的猛兽。这是他返乡、回家的第八天，到樊妹月为止，他见到了所有他迫切想见的人，还有很多他不想见或可见可不见的人，也见到了。他突然感觉到，除了母亲，没有一个人是他真正想见的人了。这些人都怎么啦？从大哥、二哥、侄子开始，明明白白告诉国家赔偿是二百八十九万，传来传去，才第八天，就涨到八百一十万了！这个数目比癌细胞繁殖和扩散都快，真是要命呀。

冬天的红水河一点都不红，清水静流，辜负了它的名字。它在不该残忍的时候残忍，像那年的高考。该残忍的时候，它慢条斯理，就像现在。无论如何，我都不能像这条河一样。我得善待所有的事和所有的人，韦宝路心想。

这么一想，韦宝路平静了。他不再踱来踱去，而是坐如钟，站如松。或坐或立都只是一个念头，像一个一心向善的僧人或一棵菩提树。

# 四

春节过后的一个吉日良辰，具体地说是正月十六卯时，韦家的祖屋破土翻建了。

天刚放亮，旭日初升。在村中偏北的坡岭下立了一百年以上的祖屋，像一个安详闭上眼睛的老人，从人间消失。而在原地，将升起一座四层的楼房，它寄托祖宗的希望、承载子孙的梦想，将在上岭村屹立并闪亮登场。

负责楼房施工建设的，是大哥韦宝丰。韦宝路将建设费用六十万元，一次性交付给了大哥，然后什么都不管。

他和母亲则住到了二哥韦宝收的家里。

这是一种平衡。大哥拿到了项目，二哥得到了弟弟和母亲的居住权，各得其所，看上去也是两全其美。

二哥韦宝收家三层楼。母亲住在一层，二哥二嫂住在二层。侄子韦山原来住在三层，现在搬到了一层，理由是方便继续照顾奶奶。其实老人家搬到二儿子家以后，人口多了，又有小儿子在，哪里还需要孙子照顾呢？孙子表达的就是个孝心。

韦宝路住到了三层。他在最高层休养生息、以逸待劳。每天早睡早起，几乎与母亲同步。他这么做像是为了全面地照顾母亲，其实是在监狱里养成的作息习惯。他想晚睡也熬不住，不想早起又睡不着。人是自由人，心思却还是囚犯的习性。

是的，他还是常做梦。梦见自己在监狱里的生活。他与狱警的管制和服从、压迫和抗争；他与狱友从冲突到团结，从理解变成友谊；他的申诉被驳回，再申诉又驳回，一次又一次，一年复一年。一幕幕，像电影一样。恐怖、温馨、希望、绝望的场景和情节，历历在目，惊心动魄。另外，作为一个男人的本能欲求，也体现在他的梦中，因为只有在梦中，才能和谐、美好地发泄和满足，尽管醒来的时候只有一声叹息。不能否认，他梦中发泄和满足的对象，基本都是樊妹月。这个他专心致志爱着的女人，自从爱上她，狱里狱外，在梦中陪伴他的时间最长。当然他也会有出轨的时候，尤其是近些年，追星泛滥，囚犯也不能免俗，甚至更俗。即使高墙森严，无数女明星的相片还是照样流入监舍里，在狱友手中珍藏和传看。准备发泄和满足的时候，可是没有入梦这么复杂，而是面对照片，直截了当。只是对不起樊妹月，妹月，你是我唯一爱过和爱着的人，对不起，请你原谅。每次当韦宝路感觉到不忠和罪过的时候，都这么默念。

这天晚上，韦宝路又做梦了。他梦见樊妹月年轻的时候，是多么的清纯和漂亮呀。那时候时兴烫发，韦宝路给钱让她去烫发，她死活不去，让头发顺其自然。她两边脸上长着酒窝，笑起来甜甜的。光漂亮还不够，她唱歌特别的好听。梅艳芳、林忆莲、叶倩文、陈慧娴、关淑怡等，好多流行歌手的歌，她都会唱，而且唱得特别逼真。她可以从早上唱到晚上，只要韦宝路想听，她就一直唱下去。是的，樊妹月又开始唱了：笑看世间\ 痴人万千 \白首同眷 \实难得见\人面桃花 \是谁在扮演 \时过境迁\ 故人难见 \旧日黄昏 \映照新颜 \相思之苦\ 谁又敢直言 \梨花香\ 却让人心感伤……不对不对，当年没有这首歌。樊妹月也没有唱过这首歌。这是谁唱的？谁冒充樊妹月？站出来！

韦宝路在梦里大喝一声，醒了。往窗外一看，早上了。

可歌声还在继续：愁断肠\ 千杯酒解思量\ 莫相忘\ 旧时人新模样\ 思望乡 \时过境迁\ 故人难见\ 旧日黄昏 \映照新颜\相思之苦\ 谁又敢直言\ 为情伤 \世间事皆无常 \笑沧桑 \万行泪化寒窗……

这可不是做梦，是真真切切有人在唱，是村庄的人在唱，不是放录音，因为没有音乐伴奏，是清唱。谁唱的？

韦宝路从床上爬起来。他来到露台上，循声望去，只见不远处的小矮坡，站着一个女子，在唱着同样一首歌：勿彷徨\ 脱素裹着春装\ 忆流芳 \笑我太过痴狂\ 相思夜未央 \独我孤芳自赏 \残香 \梨花香 \却让人心感伤 \愁断肠\ 千杯酒解思量 \莫相忘\ 旧时人新模样 \思望乡 \为情伤 \世间事皆无常 \笑沧桑 \万行泪化寒窗 \勿彷徨\ 脱素裹着春装 \忆流芳……

这唱歌的女子的身影，可真像年轻时候的樊妹月呀，声音也像。这到底是怎么回事？

韦宝路匆匆下楼，然后跑出二哥家。他来到小矮坡，那女子唱完了歌，正从坡上下来。他们正面遇上了。

"你是哪位？"韦宝路问。

"罗细花。"女子说，她一咧嘴，便露出两个酒窝，甜甜的。

"你是不是樊妹月的女儿？"韦宝路说，"你爸叫罗体亮？"

"你怎么知道？"罗细花说。

"因为你姓罗，而你长得像樊妹月。"

"你是谁？"

"韦宝路。"

罗细花打量着韦宝路："我怎么没见过你？"

"你是在这个村子长大的吗？"

"没有。但是，我经常来我外公家。"

"你外公是我师傅。"

"是吗？那就更奇怪了。我怎么居然没见过你。你长年在外地工作？"

"是的。刚回来定居不久。"

罗细花再次打量韦宝路："看你还不老，就退休啦？"

韦宝路听得舒服，说："不是退休，是休假。"

"哦。叔叔再见！"罗细花朝韦宝路挥挥手，起腿准备走。

"等等。"韦宝路说。

罗细花停下。

"你多大了？"

"二十，快二十一了。"

韦宝路心算了一下，罗细花是在他坐牢三年后出生的。

"哦，这样。"

"再见。"罗细花又挥挥手，这回走成了。

韦宝路望着罗细花走动的身影，忍不住跟着走，像鬼使神差一样。为了不让她害怕，他与她保持的距离还比较长，有一百步远。在走动的过程中，他望见罗细花回头望了他，还送了笑脸。这笑脸太重要了，像是炽热的太阳，谁被照耀都会熔化。那笑脸上的目光，像具有神力的绳子，一下子把距离缩短了。

这天的早餐、中餐和晚餐，韦宝路明显地食欲不振，像是病了。他神思恍惚，魂魄像是从身体里飞了出去。他对母亲的照顾也明显地不周到，忘了给她洗脸了，而晚上却给母亲洗了两次脚。

聪明伶俐的侄子韦山看在眼里。他来到三楼小叔的房间，对第一次失眠的小叔说："小叔，村里的姑娘还有不少，你要是看上谁了，就跟我说，我来搞定。"

韦宝路说："你真的能搞定吗？"

韦山说："如果小叔是刑满释放，我不能搞定。但现在小叔是雪了冤出狱，身价身家过百万上千万，我一定能搞定。"

韦宝路说："年纪比我小许多的，也能搞定？"

"只要是小叔中意的姑娘，不管她不想嫁，还是想嫁，想嫁给谁，或者已经决定了嫁给谁，我都能扳过来，让她想嫁要嫁就嫁给小叔，非小叔不嫁！"韦山拍着胸脯信誓旦旦地说。

"看你说的，太夸张了吧？"韦宝路说，他表示怀疑，而内心却有了相当的自信。

"但是，光凭我三寸不烂之舌还不行，"韦山话头一转，"小叔你得配合，该支持得支持。就是说，你得给我心中有数，你肯包干多少钱？含姑娘家的彩礼，我得找媒婆，给她点介绍费、动员费，还有见面礼等杂七杂八的费用。"

"你说多少合适？我与世隔绝太久了，什么都不懂。"韦宝路说，他确实不懂。

"一百万。"韦山竖起一根手指说。

韦宝路没有回答，像是犹豫。

"可以吗？"

"可以。"韦宝路说，他的脑海中又浮现出罗细花漂亮、可爱的脸，促使他下了决心。

"那么，是哪位姑娘？"韦山说。

"罗细花你认识吗？"

韦山打了一个响指，"我就晓得你看中的是她！"他说，"好呀，很好，当年她妈妈不嫁给你，如今用女儿嫁给你，这是多么神奇的事情、美妙的故事！OK，我一定把事情搞定！"

"如果人家不同意，实在不愿意，不要勉强。钱只是辅助，不是万能的。"韦宝路说，有一定的哲学意味。

韦山说："小叔，有钱的那些女明星，都还选更有钱的男人嫁。何况我们这里的姑娘家，谁家有钱呀？罗细花家，最缺的就是钱。"

# 五

经过一个多月反复、耐心、努力的谈判和协商，韦宝路和罗细花的亲事，取得重大进展，基本上算是定下来了。

罗细花同意嫁给韦宝路。但是得等她明年大学毕业之后，才登记结婚，举行婚礼。

罗家提出要求，彩礼六十八万，先付。

韦宝路同意了。他指示韦山先把六十八万彩礼费支付给罗家，因为一百万包干费用已经在他的账上。

罗细花开始是不同意的，不同意自然是不愿意。她一个二十一岁的大学生，嫁给一个比她大二十五岁的高中文化的男人，第一，年纪和学历就不搭。第二，身份和地位悬殊，一个天之骄子，一个阶下囚。没有第三。因为第一和第二犹如几座大山阻隔，再有第三毫无意义。

在攻克这重重障碍的婚姻谈判中，媒婆起到了十分重要的作用。

媒婆是韦山找的，帅点对了将。媒婆姓陈，叫陈双喜，好吉利的名字。关键是能力强。罗细花父母的思想工作，她很快就做通了。那无非是面子的问题，或者说是伦理的问题。罗细花的妈妈樊妹月当年，如果不发生意外，就成了韦宝路的妻子。后来樊妹月没嫁成，如今要把女儿罗细花嫁给韦宝路为妻，母女同夫，这可是有悖伦理的意思。而罗细花的爸爸罗体亮，和韦宝路是高中同学，曾经称兄道弟，如今女儿嫁给了兄长，兄长还得称学弟岳父大人，这……总之社会舆论这道坎，看来是很难翻得过去的。但陈双喜核心就一句话，走自己的路，让别人说去吧。咦，通了！

焦点人物是罗细花。

陈双喜对罗细花说："年龄哪是什么问题，你和韦宝路相差二十五，差距不算大吧？再说文化，你大学生，宝路高中，姑娘，这是学历差距，不等于文化知识的差距。宝路坐了二十四年牢，监狱也是一所大学呀，他天天在里面学习、思考，整整二十四年，你想博学到了什么程度？我看跟非洲总统曼德拉有得一比。不说别的，光说法律知识，大学法律教授就没法和韦宝路比。韦宝路法律知识要是不强，他能从死刑改成死缓，又从死缓改成无罪释放吗？"

陈双喜做罗细花的思想工作，是在罗细花外公家里她专有的房间。外公樊久贵特别宠她，她也很爱外公。她坐在电脑桌前，本来是背对媒婆边玩电脑边听讲的，现在挪了半边的身子，但手里还握着鼠标，眼睛也还瞄着电脑。

"我们下面接着讲身份和地位，"陈双喜说，她走到罗细花的后面，把手搭在她肩上，语重心长，"姑娘呀，所谓身份和地位，都是钱和权抬上来的，有权就有钱，钱也可以买到权，关键还是钱。我们先不说韦宝路。先说马云，马云为什么能被美国总统特朗普接见？还不是因为有钱。好，下面说宝路，我们上岭村的韦宝路。韦宝路有钱吗？有钱。现在是我们上岭村的首富，据说有八百多万。八百多万呀罗细花姑娘，我的公主小姐，你要嫁给了韦宝路，那都是你的。"

罗细花的脸转动了，她回头看陈双喜，嘟着嘴说："阿姨，你怎么懂那么多呀？曼德拉都懂。你举这么多例子，我都快心动了。"

"干我这一行的，就像学校里的老师，要让学生服气，就得多举例子。没有例子，是说服不了别人的。"陈双喜说，"下面我再举个例子，你家的例子。"

罗细花停止游戏，身子完全转了过来，听陈双喜阿姨举例。

"你爸爸身体有病，治病花了十几万，欠别人也十几万，对吧？你还在读大学，还在花钱，对吧？就是说，你家现在非常非常地困难。怎么办？嫁给豪门是最省心省力省时的一条路。韦宝路家算不算豪门？当然算。大成乡有几个像他家那么有钱？现在想嫁给韦宝路的人多了去了，但韦宝路看不上呀，就中意你。你也不要觉得韦宝路这呀那呀不般配。有一首山歌唱得好，'你丑我不嫌，只要你有钱，你老我不怕，死了我再嫁'，好听吧？"

罗细花扑哧一笑。然后，她收敛起笑容，说："那，必须等我大学毕业，才能结婚。"

这是没有问题的。罗细花今年是大三，也就是还等一年而已。她是广西艺术学校声乐系的学生，这学期是教学实践活动，于是她来到山歌之乡的上岭，一面采风一面在小学教课。她住在外公家，在村里练嗓的第一天，就遇上了富翁韦宝路。说来也是缘分，就是缘分，此外还有别的解释吗？

彩礼先付，也是没有问题的。韦宝路还巴不得这样，付了彩礼钱，就不容易有反悔的事发生了。韦宝路很怕罗家反悔，因为他是太喜欢太喜欢罗细花了。

韦宝路可以名正言顺地见到罗细花了。她是他的未婚妻。只要不睡在一起，就没有人说闲话。他有时候是去小学看她，而且被罗细花允许坐进教室里，看她教学生识谱唱歌。学校缺钢琴，他捐了一台。更多时候，他是到她外公的家里去，因为她住在她外公家。她的外公就是他的师傅呀。偶尔，他故意走漏嘴，也跟着她叫外公了。樊久贵也答应，他没有理由不接受这门亲事。自从外孙女同意嫁给韦宝路，他压抑在心里二十多年的对韦宝路的歉疚和不安，就彻底地释放了，就像一个人还完债一样，不欠了，谁也不欠谁了。

韦宝路和罗细花也常去河边走。这是韦宝路和罗细花的妈妈樊妹月曾漫步的同一条河流，有些地方也有重叠，但时过境迁，心情和感觉是不大一样的。与樊妹月是同学恋，而与罗细花是老少恋，就像年轻的时候读一本书，到老了再读，读这本书的续集，感受和受益肯定是不同的。

罗细花不知道韦宝路和妈妈谈过恋爱，这一点知情人的保密工作做得很好。其实二十多年前的男女恋爱，花前月下，放到现在不过是芝麻大点的事，又有几个人愿意捡起呢？不过韦宝路还是想等恰当的时候，跟罗细花坦白。现在不是时候，也没机会。两人在一起，罗细花总是问韦宝路在监狱里的事，他是怎么进去的？又是怎么出来的？在监狱里二十多年是怎么熬的？想过死吗？她问得很仔细，也很认真地听。这是个极好的信号，说明她对这个曾一度排斥的男人，关心和感兴趣了。

韦宝路总是很耐心地跟罗细花讲述他蒙冤入狱以及他狱中的生活，虽然这无异于再揭伤疤，重新遭受一轮痛苦，但他就是乐意，而且讲得还非常生动传神，就像作家讲故事，末尾还留悬念，第二天相见的时候再接着讲。

罗细花就这样被韦宝路和他的故事吸引着，一天又一天来到河边，聆听身边的男人讲述他的传奇。

这一天，韦宝路的故事讲完了。泪流满面的罗细花，突然亲上了韦宝路。从她主动的亲吻看得出来，她同情他、佩服他、崇拜他、敬爱他，更愿意嫁给他了。

轮到罗细花讲自己的故事了。她的故事很简单，二十一岁的女孩能有什么复杂的故事呢？跟韦宝路的故事比，平淡乏味，讲两下罗细花就不愿意再讲了。

韦宝路说："那你讲讲你将来的打算吧？还有理想什么的。"

罗细花说："我将来的打算，是回大成中学，当一名中学音乐老师。理想嘛，是想在毕业之前，开个个人演唱会，录像保留，刻印些光盘送给朋友。还有，"她看着韦宝路，"将来把光盘放给孩子们看，让他们晓得，他们的妈妈也风光过。"

"开演唱会这个想法好，"韦宝路说，"我支持你。"

罗细花说："想法好不等于能实现。"

"需要多少钱？"

"高我一届的一位师姐，去年办了个人演唱会，请了明星来助阵，一共花了五十万。"

韦宝路说："我给你五十万。"

罗细花看着韦宝路，像审视。

"你就认真准备吧。经费的事你不用担心。"

第二天下午，罗细花正在给小学生上课，她的手机叮咚响了一下。她偷偷看手机。最新的短信显示：您尾号*8104的卡于06月01日15:08收入（跨行汇款）500000.00元，现余额为500367.16元。【交通银行】

# 六

韦家祖屋的翻建进展迅速，已经到了第三层，准备倒板浇铸混凝土。工程过半的楼房粗犷、雄壮，像半艘在建的航母。

韦宝路对负责房子建设的大哥很满意，正想去鼓励和感谢大哥，大哥打来电话，请韦宝路一个人去他家。大哥特别强调韦宝路一个人去，是为什么？

大哥韦宝丰正在家里愁眉苦脸。他的身旁坐着一个人，经大哥介绍是一名律师，姓黄，是为韦甲、韦乙的事情来的。

黄律师说韦甲、韦乙犯盗窃罪、组织妇女卖淫罪，已经被县检察院提起公诉了。如果这两项指控成立，被法院认定，那么按照法律，两罪并罚，韦甲、韦乙就可能面临十五年以上的刑期。

这可能的判决结果太重了，大哥韦宝丰受不了，请韦宝路来帮忙想办法。

韦宝路先前也大致了解了两个侄子的犯罪情况，说："韦甲、韦乙盗窃的机器人价值七万左右，按照法律，六万元以上不满七万八千元的，属于数额特别巨大，处有期徒刑十年到十一年。组织妇女卖淫罪，处有期徒刑五年以上十年以下。那么两罪加起来，是要十五年以上。"

黄律师听韦宝路讲得头头是道，不禁多看了他一眼。"韦宝路就是你？"他说。

韦宝路说："是。"他看看韦宝丰，"这是我大哥。"

"难怪，"黄律师说，他言外之意，是韦宝路懂得法律并不奇怪，因为他坐了那么多年冤狱，自学成才。

韦宝丰看着黄律师，说："你就直接跟我弟弟讲你的想法吧。"

黄律师说："好。是这样，盗窃罪是免不了了，数额也不能减，因为受害人蓝能跟提供的机器人发票是一万一千美金，折合人民币也就七万左右。组织妇女卖淫罪，这项我们可以做工作。因为韦甲、韦乙盗窃蓝能跟的性爱机器人，拿去卖淫。那么问题来了，机器人是机器，还是人？如果认定是人，组织妇女卖淫罪就成立。如果认定是机器，就不成立。现在检察院认定是人，要按组织妇女卖淫罪进行定罪。所以，我们能做到的，就是推翻这项指控。"

韦宝路立即说："我认为可以推翻，机器人就是机器，是工业产品，属于财产范畴。把机器人当人不对，法律也没有哪项条文规定机器人是人，要推翻这项指控不难。"

"老哥呀，难度大得很哪，"黄律师对韦宝路说，"你在里面待久了，闭塞得很，又刚出来，社会的复杂你不懂。"

韦宝路听律师这么说自己，便闭嘴了。他的确不知道现在的社会变得有多复杂。

"所以，该走动的得走动，该打点的不能忽略。各种利害关系，各个重要环节，不疏通是不行的。"黄律师说。

"怎么疏通？"韦宝路说。

"办法，我已经交代你哥哥了，"黄律师说，他看看表，"你们兄弟商量，同意按我的办法办，就来找我。"

黄律师说完，站起来，夹着包走了。

韦宝丰对弟弟说："黄律师要我们出五十万，由他去疏通，把韦甲、韦乙组织妇女卖淫的罪名推翻掉，至少可以少判五年。"

"这律师是不是骗人呀？"韦宝路说，他把他的第一反应和盘托出。

"他怎么可能骗人呢？"大哥说，"他是正牌律师，南宁请来的。"

"哪个请的？"

"哪个请的，说了你也不认识，是我在南宁打工时交的一个朋友，非常信得过。他介绍的，错不了。"

"大哥，这个事情，你要亲自核对才行。你……"

"你就不要管这个了，"大哥打断说，显得焦急和不耐烦，"现在关键是凑钱，救人！"

"这不是钱的问题。是……"

"我跟你借行不行？"大哥红着脖子说，"将来有钱还你。"

"这不是借，也不是还不还的……"

"韦甲、韦乙是不是你侄子？"

"是。"

"你想不想让他们少判几年，早点出来？"

"想。"

"如果不出钱活动，打点疏通，妈妈还要活到什么时候，才能等到两个孙子出来？"

"我给，我给钱。"韦宝路慌忙说，一提到母亲，他脑子乱成一团。

"给钱的事，你还不能告诉宝收。"

"我晓得。"

韦宝丰递给韦宝路一张纸条："纸条上写着律师的姓名、开户行和卡号。你按这个汇过去，越快越好。"

"是。"

韦宝路见时间还够，便去乡信用社，汇出了五十万。

到目前为止，韦宝路获得的二百八十九万的国家赔偿，只剩下不到五万了。

他看着存折的余额，吓了一大跳，怎么回事？只剩那么点？

仔细算算，请村里人吃酒、发利市，交给韦山二十万，建新房一次性交给大哥六十万，亲事包干一百万，给罗细花办个人演唱会五十万，给律师疏通费五十万，春节前给过樊妹月两万，给学校捐钢琴一万，这几项一加，是二百八十三万，再有零用一些，剩下不到五万，是对的。天哪！韦宝路脑袋一阵子眩晕，就像二十多年前法庭宣判他死刑时候的感觉，弱不到哪去。

# 七

罗细花的教学实践活动到期了。她要回学校去，操办个人演唱会的事。

临别，罗细花对韦宝路说："我十二月份的演唱会，你一定要来。"

韦宝路强颜欢笑："好的。"

# 八

现在是九月，韦家祖屋翻建的第四层已经封顶了。

大吉大利，自然是要请酒的。凡是为新建的房屋帮过忙的，都请。一下子请了二十桌。

请酒之后，大哥站在新房的楼顶，对韦宝路说："原来六十万里，没有房子封顶请酒这笔预算，这二十桌酒席，属于额外开支。再加上这几个月钢筋水泥突然涨价，我们又没有提前备料，花去了不少钱。那么，剩下的钱，已经不够房屋的装修了。"

韦宝路说："大哥，我已经没有钱了。"

大哥不惊讶，平静地说："宝路，我晓得，这栋房屋属于我们三兄弟共有，新房建设你出了六十万，按理，我和宝收也是要出一部分的，这才公平。但是，我实在是没有钱，宝收估计也没有。那么只好你全部先垫了，我们记着。"

"大哥，我真的没有钱了。就剩下不到五万了。"韦宝路说，他难受得想哭。

大哥哼了一下。

"要不我给你算算，大哥？"韦宝路说。

于是他开始算，算出开支二百三十三万。

"那不是还剩五十多万吗？你怎么说只剩五万呢？"大哥说。

"有五十万开支，我没算进去。"

"为什么？"

"不好说。"

"哦，我晓得。你给宝收了。"大哥说，他的脸一沉，为小弟的分配不公。

"不不，你不要乱猜。我没有给二哥，绝对没有。"

"那给谁了？韦山。那还不是一样。"

"我给罗细花了。"韦宝路说。

"罗细花家的六十八万彩礼不是包干在一百万里面了吗？剩下的我都不讲了。让韦山拿去。"

"不是给罗细花家，是给罗细花，另外加的。"

"为什么？"

"她要办个人演唱会，要花五十万。我给她了。"

大哥看着韦宝路，愣住了，像傻子看着傻子。

"加上这五十万，就是二百八十三万，与二百八十九万一减，再减去零花，就剩不到五万了。"

"二百八十九万，是你的说法。"大哥说。

"我真的就得了二百八十九万，大哥！你怎么不信呢？"

大哥笑了笑："反正这房屋装修的钱是不够了。你看着办吧。你要想把这里当婚房，就尽快。"

大哥说完下楼去了。

韦宝路想跳楼。

他看见垂头丧气的侄子韦山，朝新楼走来。他想到什么，急忙下楼去，迎接韦山。

"韦山，亲事包干的一百万我全交给你掌管，给了罗家六十八万彩礼钱，这我晓得。给媒婆了一些，我也晓得。现在还剩多少？"韦宝路说。

"你打听这干什么？不信我？"韦山没好气地说。

"不是不信你，现在有急用！"

"什么急用？急用也不能动这笔钱呀。"

"这房子要装修，钱不够了。"

"建这房子是大伯管的，怎么跟我要钱？"

"超支了！"

"超支你就给他呀，他要多少你给多少。"

"我没钱了。"

"小叔，"韦山看着韦宝路，哼了一声，"你把别人当笨卵蛋可以，我可不是笨卵蛋。"

韦宝路只好把刚才跟大哥算的，又当韦山的面算了一遍。但是他把给罗细花的那部分算进去，而把给律师的那笔五十万隐瞒了。为了家族团结。

"就算你只得了二百八十九万，开支了二百三十三万，那不是还剩五十多万吗？"韦山说。

"有五十万开支，我没算进去。"

"为什么？"

"不好说。"

"哦，我晓得。你给大伯了。"

"不不，你不要乱猜。我没有给你大伯，绝对没有。"

"那给谁了？"

"给了一个律师。"

"为什么？"

"韦甲、韦乙不是进去了吗？要判了。可能判得很重，所以给了五十万给律师，让他去疏通打点，争取少判几年。"

"那不是等于给大伯了吗？还不是一个样。"

"韦甲是你堂哥，韦乙是你堂弟，我们不能不救对吧？"

韦山说："对，你做得对。"

"那么，我的的确确是没剩什么钱了，"韦宝路说，"把你手上剩下的，先拿出来装修房子。"

"我也没钱了。"韦山说，他摊开两手，还耸了耸肩，像极了无赖。

"那剩下的钱都到哪去了？"韦宝路严厉地说。

"赌，输光了。"韦山简明扼要地说。

韦宝路哑巴了，他陷入了沉默。他把愤怒压迫在脖子以下，还在继续往下压。因为他觉得愤怒已经没有用了。

韦山也奇怪，小叔怎么不愤怒呢？难道他相信我真的是赌博把钱输光了吗？难道他理解是赌博就会有输赢？就像是奋斗就会有失败和成功一样。

"小叔，你运气好，你去赌肯定会赢。"韦山说，见小叔不吭声，他继续解释，"你想呀，你都被判死刑了，改成死缓。人是死不了了，但得坐牢呀。你坐了二十多年牢，申诉来申诉去，都没有用。你都绝望了，准备把牢底坐穿了，是不是？哎，忽然一个笨卵蛋的凶手，承认你奸杀的那个人，是他杀的，把你给救了。你说这是不是运气？国家还赔给你那么多钱，你说你是不是运气好？相信我小叔，你去赌肯定赢！"

韦宝路开口了："我拿什么去赌呀？"

"你不是还有五万吗？不到是吧？"韦山说，"我们凑够五万，你拿去赌。五万变成十万，十万变成二十万，四十万，八十万，一百六十万，然后继续翻倍，我们失去的钱，不是都回来了吗？还赚！"

"我不会赌。"

"我指导你呀！"韦山说，"你摸牌就行，我就需要你的手气，其他你不用管。"

"真的能行？"韦宝路说，他的欲火已经被侄子煽动起来了。

"不就是五万块钱嘛，你不拿去赌，肯定很快就花完了。花完就什么都没有了。还不如拿去搏一搏，单车变摩托，摩托变宝马，宝马兴许变成三十层大厦。这种例子多得很，起死回生，这就是奇迹。奇迹已经在你身上发生过一次了。小叔你要坚信，奇迹还会在你身上发生！"

韦宝路只觉得自己的胸腔热血沸腾，像开发的油田一样，财源广进，势在必得。"走呀。"他招呼韦山说。

叔侄俩骑着摩托车，先去乡信用社，把存折上的钱全取了，又东拼西凑，正好五万。

他们杀进村里最景气的赌点，会计潘兴周家的后楼。之所以说这个赌点景气，是因为来这里赌的人相对比较有钱，门槛也高，没有一万以上不能进。

大名鼎鼎的上岭村首富韦宝路来了，谁敢不欢迎？求之不得。没有人认为或没有人想到，韦宝路此刻其实已经快山穷水尽了。只见他大方地坐下来，掏出五万块钱，轻轻往桌上一放，谦虚地对众赌客说，我不大会玩，就玩这点钱，图个乐。这些动作和语言，都是侄子教他的。

"玩什么？"有人问。

"你们想玩什么？"韦宝路说，这也是侄子教他说的。

"三公怎么样？"

韦宝路看了看侄子，侄子眨眼。三公就三公。

"谁坐庄？"

"当然是谁钱多谁坐庄。"韦山抢答。

众人一看，就韦宝路面前的钱最多。

"小叔你坐庄。"韦山说。

韦宝路蒙了，不懂什么是坐庄。

韦山说："就是你一个人对付在座所有的人，在座的人只针对你一人，比谁的牌大。谁的牌大过你的牌，你赔。小过你的牌，赔你。都大过你的牌，你通赔。所有人的牌都小过你，你通吃。明白吗？"

韦宝路点头。

"还有赔率，"韦山继续教导，"雷公是赔十倍，地公是九倍，大三公是八倍，三公是七倍，小三公是六倍，九点是五倍，八点是四倍，七点是三倍，六点以下是一比一。点数相同的话，比花色，黑桃最大。"

"这也太复杂了，什么是雷公地公？点数又是怎么算？"韦宝路说，他一副懵懂的样子。

韦山说："这个你不用管，有我帮你看，大家也盯着你。你发牌就行。每个人发三张牌，包括你。这牌很简单，也很公平，做不了老千，纯粹就是赌运气。"

"那开始吧？"韦宝路说。

大家看着庄主韦宝路，摩拳擦掌，各自开始押钱。

韦宝路发牌，每人发三张。

拿到牌的人开始看牌、翻牌，放在自己面前所押的钱上。

庄主韦宝路最后看牌、翻牌。他得到的牌是一张大王、一张小王和一张Q。

"雷公！"韦山惊叫。

众赌客也很惊讶，哀叹庄主运气好。

"大家别乱，一个一个来赔，每人十倍。"韦山一面维护秩序一面说。然后，他开始一个一个地收钱。

第一轮，韦宝路赢了将近一万。

第二轮，韦宝路得小三公，赢了六千。

第三轮，韦宝路又赢。

第四轮，韦宝路还赢。

众赌客见韦宝路运气太好，要求换座位。一换座位，韦宝路运气更好。

于是大家都不愿意和韦宝路赌了，主要是大部分人的钱都输光了。

这一天，韦宝路赢了四万块钱。

走回家的路上，韦山说："小叔，我说你运气好，没错吧？"

"偶然性太大，才一次。常胜将军，才是运气好。"韦宝路说，他已渴望下一场胜利。

第二天，叔侄换了一个赌点，也是在村里。韦宝路摸牌，韦山指导，又赢了三万。

两天一共赢了七万了。韦山喜不自胜，说："这回没话说了吧？你就是走运！"

韦宝路说："可是，赢本村人的钱，过意不去呀。他们又认为我那么有钱，还赢他们的钱，遭人恨呀。"

"你总不可能退给他们，或故意输回去吧？那你以后可是要真倒霉，我跟你说小叔。"

"以后不赌了，到此为止。"韦宝路说，像是心里话。

叔侄俩又走了一段路，一直思考的韦山忽然拉住小叔："小叔，我们可以到外面去赌，跨县去赌。那样，你赢钱就不会有心理障碍了。"

韦宝路看着侄子，"哪个县？"

叔侄俩说走就走。他们怀揣十三万巨款，骑摩托车两个多小时，来到邻县的马山镇。时至午夜，这里的赌场依然灯火通明，人声鼎沸，要比上岭豪气和霸气许多。

韦山对赌场相当熟悉，显然是来过这里多次。他领着小叔先观看了一圈，然后才指定小叔在他认为合适的赌桌边坐下。他对小叔附耳说："在这个地方，我们的钱不算多，所以不要坐庄，就个人搏斗，打游击战。"

准备开始。韦宝路问韦山，这回押多少？韦山说先一万试试。韦宝路就押了一万。

庄主开始给对手们发牌。他给韦宝路发了一手九点，而庄主才是六点。

庄主按五倍赔率给了韦宝路五万块钱。

韦山说："哎呀，你要是放多，比如五万……"

我晓得。韦宝路说，他心里也很后悔，要是押五万，五五二十五，就赢二十五万哪！

第二轮，韦宝路不由分说，押了五万。

他得了一手八点的牌，也不小。

但是庄主得的牌更大，是三公。这意味着韦宝路要按七倍赔率赔付三十五万。

愿赌服输，韦宝路把身上一共十八万赔出去后，还欠十七万。

欠钱怎么办？跑是跑不了的，赌场里有维护规矩的打手。两个人，一个留做人质，一个回去拿钱。当然，有实力或值得信赖的赌客，可以写欠条，或借高利贷。对韦宝路叔侄俩来说，一个人留下，另一个人回去拿钱有用吗？家里没钱。

韦山指着韦宝路对庄主说，晓得他是谁吗？庄主摇头。晓得韦宝路吗？那个从监狱里无罪释放，国家赔了八百多万的韦宝路，韦山口若悬河地说，就是他，我小叔。

庄主眼睛一瞪，双手抱拳，久仰久仰！

韦宝路只能顺水推舟，说正是我。我今天没带够钱，真不好意思。

庄主说那就先欠，写个欠条。当然，你也可以贷款，旁边就有。庄主一举手，就有人走了过来，对韦宝路说，贷吗？利息一毛二分一天。

韦宝路看看韦山。韦山说，贷。

"贷多少？"

"十七万。"韦宝路说。

韦山说："五十万。"他接着对小叔附耳道，"还了十七万，剩下的拿来搏，不然输掉的怎么扳得回来呀？扳回三十五万，我们就停。"

韦宝路同意了。于是办手续，签字画押。

五十万贷款到手，还了庄主十七万后，剩余三十三万。

韦山聪明，带小叔去了另外一桌赌。一个小时，扳回二十万。

韦山见小叔手气正好，提议说干脆放手一搏，把这二十万，全押了。要是赢了，本全回，还小赢。如果翻倍呢？大赚。万一……没有万一！小叔，你要相信自己！相信奇迹！

韦宝路已经不是那个谨小慎微的韦宝路了，他身上的赌性已经被彻底开发，像喷涌的火山岩浆，不可阻挡。

他把扳回的二十万押上了。

韦宝路得的是六点。

庄主七点，赢三倍。

韦宝路下的赌注是二十万，按三倍赔，就是六十万。二十万加上没动的三十三万本金，也就是五十三万，还不够赔，差七万。

于是又跟刚才贷款的债主借了七万来赔。想多借，债主不干了，说你今天手气背，明天再来。他言外之意，明天连本带息还完今天贷款后，再说。

叔侄俩离开马山镇的赌场，天已蒙蒙亮。韦宝路坐在摩托车上，搂着前面开车的侄子，像行尸走肉。

# 九

韦宝路睡了两天，起来对侄子说韦山，我考虑了两天，决定不结婚了。那么，你能不能去找罗家，由你去做工作，把六十八万的彩礼钱，退了。不全退也行，要个整数，六十万。这样，我就可以把高利贷给还了。

看着沮丧的小叔，韦山真的相信小叔是穷光蛋了。小叔惨成这样，自己也有责任，甚至是不可推卸的重大责任。他反思检讨后说，小叔，我一定把钱给你要回来！

又过了一天，韦山回来了。他只要回四十万。韦山说罗家答应退婚了，六十八万也同意全退。但是，六十八万已用出去二十八万还债，给罗体亮重新去医院治病，就剩这么多了。

虽然只要回四十万，韦宝路却很感动，说罗家有好人呀。

韦山知道四十万是不够还高利贷的，就说小叔，你不是还给罗细花五十万办个人演唱会吗？要不，也要回来？

韦宝路立即说，不可以。

"为什么不可以？婚退了，你就没有义务和责任支持她，办什么……"

"你住嘴！"韦宝路打断韦山，不让他说下去。

"那怎么办？"韦山嘟囔说。

韦宝路又缄默了一会儿，说："我总感觉，你大伯请的那个律师，是个骗子。"

韦山说："我也觉得。走，我们找他去，把钱要回来！"

韦宝路坐车去县法院，韦山陪着他。

韦宝路无罪释放之后，受过高院领导的接见。某高院领导还给他一张名片，说你回去以后，有什么事情或有什么困难，请找我，或者去找当地的法院，出示我这张名片就行。

韦宝路来到县法院门口，出示了这张名片。像是出示尚方宝剑一样，门卫果然放他和韦山进去了。

法院院长亲自接见了韦宝路。韦宝路恭恭敬敬地说院长你好！院长说我姓毕，你叫我老毕就行。有什么事，尽管说，我们帮你解决。

韦宝路一五一十地讲了韦甲、韦乙的案由，但没有提及律师。

毕院长立即叫来刑庭庭长，调出韦甲、韦乙案的卷宗。检察院的公诉书，并没有组织妇女卖淫罪这一项指控。

韦宝路说："这份公诉书，关于组织妇女卖淫罪，是现在才改没有的呢，还是原来就没有这项指控？"

刑庭庭长黄江说："你什么意思？一直就没有组织妇女卖淫罪这一项指控。把机器人当人，就算检察院提出指控，我们法院也是要驳回的。何况检察院根本没有！"

"那我上当受骗了。"韦宝路说。

毕院长听了韦宝路给律师汇了五十万元钱的事，立马叫执行查控室的人查韦宝路提供的账号。反馈是账号清零，就是说钱已经被全部提走。律师是姓黄，但卷宗里律师的照片跟韦宝路见到的律师根本不像，也就是说不是同一个人。

的确是上当受骗了。

韦宝路告别法院院长，离开县法院。他去县公安局报警。公安局对敏感人物韦宝路的报警，自然也是不敢怠慢，当即立案。但是要立刻抓住骗子，也不是件容易的事。否则骗子就不是骗子，而是傻子。公安局领导让韦宝路回去等，保证尽快破案。

走出县公安局，韦宝路抓着立在大门外的石狮子，不走了。韦山推着摩托车跟上来，说："小叔，天不早了，我们回家吧。"

韦宝路说："我累了。"

韦山听出的意思是小叔不想回家。"那好吧，我们就在县城住它一夜，不回去。永远不回去最好，让放高利贷的人着急见鬼去吧！"

叔侄俩在大排档点了菜，点了酒，边吃边喝边聊。

"韦山，我坐了二十四年牢，出来不到一年，就变成现在这个落魄样子。二百八十多万，都花没了，还倒欠钱。你说这是为什么呢？"

"我也想不通，二百多万，我开始还认为你讲假的呢，不止这些。怎么说没就没了呢？"韦山说。

"我在牢里，觉得外面好。一心想出来，无时无刻不想着出来。可是出来了，终于出来了。外面好吗？"

"怎么也比坐牢好呀。在外面混得再差，也肯定比进去强。我堂哥韦甲，堂弟韦乙，不就是怕坐牢，为了少坐几年牢，你才被骗走五十万的吗？"

"你不懂。"

"我怎么不懂？不懂什么？"

"牢里面也很好，"韦宝路说，他端着酒杯，"除了没有酒喝。"

"废话，放屁，"韦山说，"现在让你重新进去，你愿意吗？"

韦宝路瞪着侄子："你怎么晓得我不愿意？"

"那你再奸杀一个人试试呀？"韦山说，"或者把赌场那个放高利贷的杀了，又不用还贷了，又能进去。开什么玩笑你。"

"你以为我不敢？"

"你敢，你敢，"韦山说，他端起酒杯，"喝酒，小叔，我敬你。"

韦宝路的手机突然响了，是二哥打来的。

二哥说，宝路，妈走了。

# 十

上岭村荒芜的玉米地里，鼓起一座新坟。对地上的蚂蚁看来，它就像一座大山。而对坟边披麻戴孝的亲人来说，却像是被切割掉的骨肉。疼呀，痛呀，眼在流泪，心在滴血，尤其是韦宝路。

这新坟里，安息着他九十二岁的母亲。她在四十六岁高龄的时候生下他，又在九十二岁高龄的时候离他而去。这中间的四十六年，至少有二十五年不和他生活在一起。而且，她永远都不能和他生活在一起了。她不等看小儿子最后一眼就走了，像是以为小儿子在外面忙，忙着恋爱和准备结婚，不能打扰他和拖他后腿。她是不是想，活了九十二岁，也该走了。小儿子用二十四年，证明了自己是清白的人，堂堂正正地出来了，正在好好做人呢。而她也用了二十四年，坚信自己小儿子的清白无辜，没白想瞎一双眼睛。在这世上没有什么好牵挂的了，那就走吧，走吧。她真的走了。二儿子发现的时候，她躺在床上，安详，双眼闭合，看上去毫无痛苦。

追债的人也来到了坟边。他们看着悲痛欲绝的韦宝路，竟然不上去逼他，而是悄悄地走了。或许债主以为，之前韦宝路已经主动还了四十万了，剩下带息的二十来万，他也会还的，只是时机的问题。早还不好呢，无利可图，就像银行，客户要提前还贷，还得付违约金。那就放韦宝路长线吧，他上钩了就跑不了。这可真是一个聪明而又仁慈的债主呀，他的名字叫廖红一。他马仔的名字，就不知道了。

# 十一

日历翻到十一月，在九月封顶的韦家新楼依然没有装修。它像某国因缺经费停建或废弃的半艘航母，让一些人惋惜，而让另一些人幸灾乐祸。

好消息还是有的。骗走五十万的骗子，被抓住了。但也只追回三十万。三十万也好，够还高利贷了。韦山拿去还，取回借据，被韦宝路撕了。

韦甲、韦乙的案件也宣判了，韦甲被判十年零九个月，韦乙被判十年零六个月。这听起来像是坏消息，其实是好消息，因为比预想的十五年以上的刑期，少了五年。这兄弟俩的经历和命运，与他们的小叔相比，要简洁很多。小叔是蒙冤入狱，他们则是罪有应得。只是遗憾的是，他们没有看到小叔出狱，就进去了。他们应该不会在小叔服刑过的监狱服刑，因为他们比小叔幸运。

但韦家的风水一定是出了问题。不管冤狱也好，罪有应得也罢，一个家族里在三十年内有三个人坐牢，而且是一个人出来，马上就有另两个人进去，衔接得那么紧，连缝都没有，说明风水一定在什么地方犯煞。

是韦宝路父亲的坟葬得不对吗？可能是，应该是。韦宝路的父亲，也就是韦甲、韦乙的爷爷，在韦宝路三岁的时候，被毒蛇咬死，那时候穷，连棺材也没有，就裹了一张竹席，草草地葬了。那时候当然还没有韦甲、韦乙和韦山这帮孙子，但是也祸害到了。应该重新安葬他。

韦宝路将剩下的钱交了出来，请了大成乡最著名的道公樊光良来择址择时和做法，重新安葬了父亲。

樊光良看着被青山环抱的韦绍达之墓，十分得意，像是建筑设计师中意自己的作品。他对初中同学韦宝路说，宝路，你将会有一个美丽的妻子和享不尽的荣华富贵。

韦宝路说谢谢。


# 十二


12月9日这天一早，韦宝路一个人来到母亲的坟前，上完香，然后就走了。

他坐车上南宁，在中午到达南宁。然后他慢慢地往教育路的方向走去。教育路实际上只有一所大学，就是广西艺术学校。他在学校的门口徘徊，东张西望，没有发现让他感到振奋的东西。然后他跟随人流进到学校里面去，眼睛一扫，满目都是他期待的海报。海报上是罗细花比真人更美丽的照片，以及"罗细花个人演唱会""神秘明星助阵""12.09 20:00 学校大礼堂"等醒目字眼。他在每张海报面前都观看了一会儿，笑眯眯的，然后又笑眯眯地走了。

晚上七时三十分左右，城中一处停工的建筑工地上，一个走过的女孩，突然被一个人拽进了工地里边。她被捂住嘴巴，直到一把小刀抵住她的脖子，才可以张嘴。但是她不敢喊呀，哪里敢喊。一个男人拿刀抵着她的嗓子眼，一喊肯定没命。男人四五十岁年纪，瘦高个，轻声说，你保证不喊，我就把刀拿开。女孩眨眼，男人把刀拿开。他先要过女孩的挎包，从挎包里搜走钱，大概有两三千。然后他把包扔在女孩脚下。可是，男人拿了钱后，还不走，也不放女孩走。女孩像是明白了，她主动地开始脱衣服，脱得差不多的时候，男人说停。女孩停止脱衣服。男人说，姑娘，我不碰你，但是我被抓住以后，你能不能跟警察说，我强奸了你？女孩一愣，哪有这种愚蠢的男人？或者，难道我丑到连奸污我的欲望都没有吗？女孩其实不丑，但罗细花比她好看些。男人说，能不能？女孩点头，说能，能。男人又说，我还抢劫了你的钱，这个你也要跟警察说。女孩说好的。男人接着说钱我带走，现在不能给你，因为我怕你不去报警。你想要回你的钱，就去报警。女孩彻底地蒙了，难受得想哭，或者说哭笑不得。你看清楚我的相貌了吗？男人又说。女孩说看清楚了。男人说你最好十点以后再去报警，越晚我越感谢你。然后男人把身上的夹克脱下来，蒙在女孩的头上。五分钟内不许掀开，男人最后说。

韦宝路来到广西艺术学校大礼堂的时候，罗细花个人演唱会已经开始了。出入口已经没有人进出，只有一个保安守着。身着毛背心、白衬衫的韦宝路从容走来，像一名迟到但显摆的老师。他进入礼堂，在后排坐下来，开始观看罗细花的演唱会。

罗细花正唱的又是《梨花香》：笑看世间\ 痴人万千 \白首同眷 \实难得见\人面桃花\ 是谁在扮演 \时过境迁\ 故人难见 \旧日黄昏 \映照新颜 \相思之苦\ 谁又敢直言 \梨花香\ 却让人心感伤……

这罗细花呀罗细花，你怎么又唱这首歌？还唱这首歌？你唱这首我们第一次相见时你唱的歌是什么意思？难道你发现我进来了吗？难道你不知道我们已经退婚了吗？难道你不恨我？

一连串疑问像鞭子一样抽打着韦宝路，使他越来越难受。他不能再问下去了，也不能再听下去。他站起来，转身就走，然后飞跑着离开礼堂，离开学校。

他在青秀公安分局附近溜达，直到警察把他抓住。

当晚值班的副局长陆治江亲自审问韦宝路："知道为什么抓你吗？"

"知道。"

"说。"

"抢劫、强奸。"

"有前科吗？"

"有。"

"什么前科？"

"强奸、杀人。"

"坐了多少年牢？"

"二十四年。"

"什么时候放出来的？"

"去年。"

"你已经坐过一回牢了，为什么不改过自新，好好做人？"

"因为，我想继续坐牢。"

副局长陆治江蒙了一下，随即停止了审问。他派手下送韦宝路去市第五医院，那是全南宁市唯一的精神病院。医生对韦宝路做了细致的检查，鉴定的结果是，韦宝路精神正常，就是说脑子没毛病。

韦宝路又被带回公安分局。副局长陆治江重新审问他，严格来说不是审问，而是谈心、交心，像朋友一样循循善诱。

韦宝路将自己的经历和遭遇和盘托出，毫无保留，像是把警察当成了知己一样。

韦宝路最后说："我出狱这一年，对什么都不适应、不习惯，觉得还是监狱的生活好。于是我想办法再回到监狱去。我声明这跟二百多万国家赔偿被骗光、花光没多大关系。我真心想念我还在服刑的狱友们，他们对我是真心好，比我亲兄弟对我要好许多，没有算计，不坑害我……反正我已经送走了我母亲，已经没有牵挂了。我估摸我这回抢劫、强奸，应该能判个十五年以上，最好是无期徒刑，这样我就可以在监狱里度过后半生了。"

陆治江听完韦宝路的倾诉，头大了。他挠头也无法理出个好办法来。韦宝路呀韦宝路，你只是不该在我的地盘上犯案，我也不该在你归案的时候值班，我现在想放又你不敢，不放你我又于心不忍，你害苦我了，他暗自抱怨道。

三

戊戌年记

一

　　上岭村籍大老板唐文武，他一定是得罪了什么人，逃回上岭村，躲了起来。

　　腊月十六这天深夜，唐家的狗叫了起来，叫得特别悲壮，像是有人要把它阉了一样。

　　家里的狗叫得这么剧烈，唐文宗居然醒不过来。他照样鼾声如雷，酒气熏天。老婆黄爱条左推右搡，他还是起不来，就像一艘沉船一样。黄爱条只好捏住他的鼻孔。半分钟，他这才一跃而起，像一个溺水的人跃出水面，大口地呼气、吸气。

　　"我们家的狗叫了。"黄爱条说。

　　"叫就叫，有什么大惊小怪的？"

　　"我害怕。"

　　"怕什么？它又不屌你。"

　　"我怕贼，"黄爱条说，"可能有贼，它才这么叫。"

　　唐文宗于是才认真地听狗叫。确实，自己家的狗异乎寻常，叫得呜呼哀哉、不屈不挠，像是遇到了危险，既是警告，也是求救。他从床上下来，轻轻地打开卧房的门，随手在门口操起一把笤帚，蹑手蹑脚地下楼。狗见主人来了，叫了两声，便不再叫，像是完成了自己的使命和职责，剩下的事情就交给主人了。

唐文宗感觉到门外有人，问："是哪个？"

"是我。"门外的人说。

"你是哪个？"唐文宗说，他听不出是谁的声音。

"我是唐文武！"

唐文宗听到堂哥的名字，放下笤帚，正想开门，又停住了，因为他不相信唐文武会回上岭，而且又是这个时候，这可能性几乎为零。他怀疑有人冒名顶替。

"你说我是哪个？"唐文宗说，像哨兵对接头暗号一样。

"唐文宗，我唐文武的堂弟。"门外的人说。

"我们爷爷叫什么名字？"

"唐永培。"

"你爸爸和我爸爸叫什么名字？"

"我爸爸叫唐英冠，你爸爸叫唐英杰，是我叔叔。"

家族信息对上了，唐文宗这才放心地打开了门。

门外站着一个黑乎乎的人，特别肥壮，像一头熊。虽然看不清脸，但从肥壮的身材判断，唐文宗能肯定这就是堂哥唐文武。因为堂哥最显著的特征就是肥壮，他的身板跟财富是成正比的。

唐文宗将冷得瑟瑟发抖的堂哥让进门，然后继续朝外探望，像是要招呼其他人进来一样。他以为堂哥一定会带着随从，一个秘书和一个保镖是最基本的。但是门外已经没有人。冷风呼呼响，像鬼哭狼嚎。

唐文宗把门关上，打开灯。他看到西装革履的堂哥唐文武，拎着一个皮包，胡子拉碴，像头上板寸的毛发一样长和乱。他的身体还在发抖，牙齿打战，像一台正在工作的老式打字机。

自家的狗又叫了，冲着唐文武叫，像是不欢迎这深夜的不速之客。唐文宗操起笤帚，朝狗屁股打了过去。狗闪到一边。

唐文宗指着狗说："叫什么叫？你有眼不识泰山，自家人都不认识自家人。这是我哥懂不懂？"他扬起笤帚，上去又要打。

唐文武说："文宗，别打了。这狗是刚养的吧，我都四五年不回来了，它不认识我，我也不认得它。"

唐文宗放下笤帚，但是还在骂："真是狗眼看人低，再乱叫打死你。"

狗识趣，不叫了。它静默地坐在那儿，像刚被老师教训的学生。

黄爱条这时候从楼上下来。她披着棉袄，穿带花色的单裤，趿着棉拖鞋。隐藏在内衣里面的乳房一步一颤，像是马背上的行囊。她一边走一边热情地招呼："是文武哥回来了呀！"

"哎，弟妹。"唐文武应道，眼睛却朝厨房方向看，显然是想找吃的。

唐文宗会意，令老婆去厨房做吃的。他拉着堂哥在客堂的火塘边坐下，然后用火钳拨开一层灰，露出还保持燃烧状态的火炭，又往火炭上面加炭，再用风火筒一吹。火炭很快旺了起来，唐文武的身体也逐渐暖和。他架在炭火上空的手越抬越高，最终收回到自己的肚腹上。他带来的皮包就放在腿旁边，像一条寸步不离主人的狗。

饭菜做好了，准确地说是翻热好了，所以上桌很快。这速度正是唐文武期待的，饭菜质量是其次。他狼吞虎咽，让唐文宗目瞪口呆。

唐文武打嗝了，像是吃饱了撑的。唐文宗劝他慢慢吃，新菜还没端上来，马上就来。他朝厨房里的老婆喊道："黄爱条，快点！"

黄爱条把新菜端上来，唐文武却放下了筷子。他擦了擦嘴巴，"我有话跟你们说，"见黄爱条还站着，"弟妹你坐。"他看着楼下和楼上，"家里没别人了吧？"

唐文宗说："就我儿子和女儿。"

"他们都睡着了。"黄爱条补充说。

"是这样，我这次回来，是想躲一躲。"唐文武说，他看见唐文宗和黄爱条都露出惊吓的神色，"我太累了，要休息休息。"

唐文宗和黄爱条面面相觑，像是半信半疑。

唐文武继续说："为了不让人找到我，我谁都没有告诉，手机也扔了，这就是我半夜回来的原因。"

"哦，那你生意怎么办？"唐文宗一边点头一边说。

唐文武一摆手："不管了，有的是人接手，想坐我这个位子的人多得是。我一手遮天、抛头露面这么多年，也该放手了，过一过隐居的生活。"

听唐文武这么一说，唐文宗彻底地信了。他知道堂哥的事业做得很大，但人才也多，躲他个一时半会儿，集团乱不了。堂哥的确累了，里里外外，养那么多人，操那么多心，身子又那么胖，是该闲一闲，趁机减减肥。

"文武哥，你就安心住下吧，想住到什么时候就住到什么时候。"唐文宗说。

"那……你们是打算安排我住楼下呢，还是楼上？"唐文武看着楼上说。

"反正楼下和三楼都是空的，你爱住哪都行。"黄爱条说。

"三楼吧，"唐文武说，"我想减肥。"他打了个哈欠。

唐文宗没注意，说："文武哥，我们好几年不见了，我们喝点？"

黄爱条用手捅了捅丈夫："你没见文武哥累了吗？文武

哥回家住了，你还怕你们没时间喝呀？"

唐文武说："我是困了。"

于是三人都上了三楼去。黄爱条忙着铺床，唐文宗指导唐文武怎么使用热水器。唐文武说："这些我都会，让我自己来，正好减肥。"一说减肥这理由，唐文宗和黄爱条便罢手了。看来他们真是为堂哥肥胖的身体感到担忧。

夫妇俩正要下楼，被唐文武叫住。"文宗、弟妹，"唐文武说，"我这次回来隐居，尽量不要让村里的其他人知道，越少越好，可以吗？"

夫妇俩愣怔，却不假思索地答应了。

回到二楼卧室，两人刚钻进被窝，黄爱条就说："文武哥这次回来，是不是很奇怪？"

唐文宗说："有什么好奇怪的？他不是都讲清楚了吗？"

黄爱条说："清楚是清楚了，但我还是觉得奇怪。"

"什么地方奇怪？"

"他为什么不想让村里的人晓得？"

"因为晓得的人多了，一传十十传百，然后传到外边去，传到南宁去，想找他的人不就晓得他在上岭了嘛。"

"嗯，"黄爱条说，她习惯地摸着丈夫喜欢被她摸的地方，摸着摸着，突然停下，"不对，我总觉得他一定是得罪了什么人，是逃回来的，躲在我们家。"

"你这个长头发女人，乱讲什么？"唐文宗斥责老婆，

"给我闭嘴！"

黄爱条闭嘴了，手又开始动作。唐文宗被老婆的动作撩拨起兴趣来了，准备爬上去，却又打退堂鼓："对了，堂哥住到了我们家，以后我们干这种活，倒是要注意了，尤其是你，别大喊大叫，像杀猪似的。听见没？"

"那就不干了。"黄爱条说。她生气地把丈夫一推，推到一边去，自己又转到另一边。

夫妇俩背对背，像两个合不拢的汤匙。

二

唐卫根和唐红豆今天特别兴奋，他们终于见到爸妈给他们树立的榜样，也是他们自己的偶像。大伯唐文武从楼上下来，便被兄妹俩一眼认出，因为他跟挂在中堂相框里的照片一模一样。唐文武已经剃了胡子，头发也梳理整齐，走路很缓重，又有了大人物的派头。他来到堂侄子和堂侄女面前，亲切地摸他们的脸蛋，问道："好可爱的小孩，都叫什么名字呀？几岁啦？"几年前他见他们的时候他们还小，现在他已经忘记他们的名字和年龄了。

唐卫根说："我叫唐卫根，十岁。"

唐红豆说："我叫唐红豆，八岁。"

唐文武又分别摸了摸唐卫根和唐红豆："哦，那你是哥哥咯，你是妹妹咯。"

"一个小学三年级，一个一年级。"一旁的唐文宗补充说。

"他们比我和你小堂嫂生的两个小孩都大点，"唐文武对唐文宗说，"大的是女孩，小的是男孩，和他们妈都在澳大利亚，移民了。"

黄爱条这时候端菜上桌，见唐文武已经和她的孩子见面了，说："这两孩子从小就崇拜你，把你当榜样。我见老大的作文还写过你呢，题目叫《我的伯伯》。"

"哦，是吗？"唐文武说。他心里很高兴，嘴上却很谦虚，"但不要崇拜我，也不要以我为榜样。我不算什么，要跟马云比，跟比尔·盖茨比，要崇拜就崇拜他们，我都是以他们为榜样哩。"

黄爱条说："马云太远，我们见不着，比尔盖是哪个我都不晓得。你是实实在在我们家里的人，家族的骄傲，将来我这两个小孩，能比上你一根小指头，我们就满足了。"

唐文武说："一定的，一定超过我，我没什么文化。"他忽然想到什么，看着两个孩子，"你们怎么不去上学？"

"放假了。"两个孩子异口同声地说。

"哦，对对，都快春节了，"唐文武说，"这段时间忙得焦头烂额，累得一塌糊涂。"

唐文宗说："文武哥，那春节，你是打算在我这过呢？还是……"

"在你这过，"唐文武说，他像是考虑好了，"你大堂嫂在美国，和你两个大侄子。你小堂嫂和小侄们在澳大利亚。让他们自己过吧，各过各的，我不准备过去了。还是太累，心累。我想清清静静地过个年，你这最合适。"他看了看黄爱条，"同意吗？"

黄爱条和唐文宗忙不迭说："同意，怎么不同意？巴不得的事。"

几人开始像一家子人一样吃饭。这是中午，饭菜却比往日晚餐还要丰富。黄爱条杀了一只鸡，无鸡不成宴，这是招待客人的基本规格，对久别的家人也一样。酒当然也是要上的。

唐文宗对拿土酒招待堂哥感到很不好意思，说："对不起，文武哥，你当年送我的两瓶茅台我喝光了，家里没有好酒，只能拿土酒招待你。"

喝惯了茅台的唐文武说："没关系的呀，土酒我又不是没喝过，当年穷的时候常喝，现在也能喝。"

于是就喝。一杯入喉，唐文武是明显感到不顺和不爽的，他皱了皱眉头，但很快平复了："挺好，就是隔得太久，一下子不太适应。没事，现在好了。"他接着又来一杯，果然不再咧嘴皱眉，而是闭着眼睛，像是很惬意和享受。

桌面上最具吸引力的要算那盘鸡肉。它像磁铁一样不断引诱唐文武手上的筷子。这是土生土长的鸡，品质和味道与土酒正好相反。他吃了一块又一块，然后把骨头丢给身边的狗。

那条昨晚还不断朝唐文武吠叫的狗，经过主人的教训和半天的思过后，已经对唐文武相当友好了，尤其是在他把骨头丢给它吃之后。它每吃到一块鸡骨头，就朝唐文武摇尾巴，表示感谢，就像之前他的员工一样，一万块钱奖金，或一条烟，都会对他感激涕零。但这种懂得感恩戴德的情景，恐怕以后是很难见到了。如果他还想拥有这种感觉，只能在堂弟家这条狗身上找到了。

唐卫根和唐红豆吃饱了，似乎也不愿意继续在他们崇拜的大伯身边待下去。他们礼貌地跟大伯说声慢吃后，要出去玩。

唐文武忽然想起什么，说："等等。"他说完便上楼去，不一会儿下了楼来，分别给唐卫根和唐红豆每人两百块钱。唐文宗立刻制止，说："新年还没到呢，给什么给，不许要。"两个孩子便把已接受的钱退还给唐文武，但唐文武又塞回他们手上。"这是大伯的见面礼，不算新年红包。新年红包还有。"唐文武说。唐卫根和唐红豆看着父母，见母亲眨眼，便鞠躬向大伯致谢，然后出门去。

唐文宗接到堂哥丢来的一个眼色，意识到了什么，起身追上去，告诫两个小孩："大伯在我们家的事，不许你们说出去！听见没？"

"为什么？"唐卫根说，他觉得大伯回乡，住在他们家，是至高无上的光荣的事情，是要传出去的。这其实也是他迫切要带妹妹出去玩的主要原因。而父亲却让他们守口如瓶，他想不通。

父亲没有解释，只有命令和警告："你，你们两个，要是敢传出去，我踢死你们！"

兄妹俩哑巴了，怏怏地走开，像是无端地被老师教训一顿后一样。

他们来到村庄的小学里。假期的学校，竟然也是十分热闹。操场上会集大大小小七八十个孩子，在分群玩耍。有的打陀螺，全是男孩。有的踢毽子，非女孩莫属。还有打球的，是男女混合。唐卫根与唐红豆分别加入了打陀螺和踢毽子的队伍。打陀螺和踢毽子都是比赛式的，输了是要被罚的。陀螺比赛，输者通常是要从赢者的胯下钻过去。踢毽子比赛，输者通常要被赢者在脸上画叉。唐卫根和唐红豆今天像是求胜心切或兴奋过度，反而输了。输一次就要罚一次。但今天唐卫根不愿意按传统方式受罚，他说："罚钱行不行？"赢者当然同意，从五块钱一次谈到十块钱罚一次。妹妹唐红豆那边见哥哥愿意罚钱，也效仿。于是兄妹俩去附近的代销店把大钞换成零钱，开始实施新的奖罚方式。输了便罚钱，赢了就让输者从自己胯下钻过，或者在输者的脸上画叉。怎奈输多赢少，到下午晚饭时间，兄妹俩把大伯分别给的两百块钱都输光了。要继续比赛下去，输了就得接受胯下之辱或丑化的处罚，这是兄妹俩不愿意的。他们已经享受到了用钱换取尊严的好处，或羞辱没钱人的快感。兄妹俩决定撤退。

几个大男孩走了过来，质问唐卫根和唐红豆那么多钱是从哪来的？唐卫根顶了一句嘴："从哪来不得，关你什么事？"一个大男孩打了他一巴掌："是不是偷来的？"妹妹为了救哥哥，张嘴就说："我大伯给我们的！"唐红豆一说她大伯，所有人都晓得："你大伯回来了？什么时候回来的？"唐卫根一听妹妹说漏了嘴，就说："他寄回来的！"这话只骗过小孩子，大孩子们却是不相信的。但是也没有人再逼问了，更没有人敢再打。人们对唐卫根和唐红豆重新刮目相看，投以羡慕的目光，像是穷人看待富人那样。

兄妹俩回到家，见大伯和父亲还在喝酒。这可是吃晚饭的时间了，这两个大兄弟的中午酒还没结束，看来还要接着喝下去，就像连续打满两场的球员一样。大伯唐文武一面喝一面夸夸其谈。父亲和母亲在一旁饶有兴趣地听，像是在听大伯讲故事，对，就是讲故事。唐卫根和唐红豆自觉地搬了板凳过来，也当起了听众。

唐文武的故事充满了传奇。在他的讲述中，处处充满了难以置信的情节和结果。他真是太神了——

1983年，唐文武还是一个十九岁的卖茶叶蛋的男青年。他在南丹大厂矿务局中学毕业，考不上大学，便去帮母亲卖茶叶蛋。母亲有病，自从唐文武协助母亲以后，母亲便逐渐淡出人们的视线，就像下岗一样，接替岗位的是她的儿子。

唐文武的父亲唐英冠，是矿务局旗下拉么锌矿的工人，挖了二十多年的矿，不到五十岁，背已经驼了，至少还要挖五年才能退休。他想让儿子唐文武提前接班，但是单位不允许。那么唐文武就只有等待，边卖茶叶蛋边等待。

第二年，矿业体制改革，部分国企私有化，民间资本、国有企业也可参与矿业开发。整片矿区轰轰烈烈进入无数的私商和官商，矿业公司如雨后春笋，层出不穷。大厂镇人满为患，这对卖茶叶蛋的唐文武来说，不啻是个商机。他卖出了更多的茶叶蛋。不管是付钱还是赊账，总之茶叶蛋的销量是节节攀升，多到发愁。

在经常赊账的企业中，要数荣旺公司赊得最多，从公司成立就开始赊账。开始说是三个月付一次钱，期限到了也没给。这公司要茶叶蛋的量还大，一次就要上千个。一天一千个，一个月就是三万个，三个月就是九万多十万个，一个茶叶蛋五毛钱，将近五万块钱。已经有两个季度不付钱了，唐文武受不了了，便去找公司老总。公司老总姓陈，叫陈荣旺，也就三十来岁。他对年满二十的唐文武说，老弟，我们公司目前投入较多，资金缺口大，锌矿竞争激烈，价格上不来。欠了你不少茶叶蛋钱，请你包涵。你看这样行不行？就是你以我们欠你的茶叶蛋钱入股，让你占百分之一。等将来公司成长了，你按股份比例分红和占有资产。唐文武懵懂地说百分之一是多少钱？陈荣旺说我们现在投入的资金是六百万，但是资产已经过了三千万了，三千万的百分之一，你已经拥有了三十万的公司资产，如果将来公司资产继续增多，你相应拥有就会更多。公司一旦有支付能力，你可以把你应得的变成现金，也可以全部保留股份，或者保留部分股份，都随你。唐文武心算，按现在三千万资产算，他已经拥有三十万元了，而公司欠他的钱还不到十万元，也就是说已经多赚了二十万元。万一公司以后的产值还涨呢？他不敢再想下去，就说好吧。于是签协议，对方盖章总经理签字，唐文武签名摁手印。

父亲唐英冠对儿子唐文武的行为是一百个反对，母亲也气出新病来，但也无可奈何。这家迟早是他的，成败由他去吧。

又一年过去，形势发生了根本的转变。锌矿价格猛涨，荣旺公司业绩水涨船高，资产已经过亿，也有了对股东部分支付的能力。理论上唐文武已经拥有了一百万元，但他还不提现。三年后，公司资产达到十亿，唐文武又不提现。他像寺庙里的高僧一样镇定。因为荣旺公司正准备申请上市。

1990年12月，荣旺公司以"荣旺矿业"为名的股票，随着中国新生股市的一声锣响，在上海上市。唐文武以每股一元五角的价格拥有该股六百一十万股。"荣旺矿业"开盘后一路飙升，当然中间也有下跌，半年后保持在一股十元。这时原始股解禁了，唐文武全部卖出，共获人民币六千多万元。

这年唐文武还不满二十七岁。

唐文武到南宁买房。那时候南宁商品房不多，就瑞士花园和荣和新城两个楼盘，他分别在这两个地方各买了一套，一套给父母和妹妹住，一套留给自己做婚房。他想结婚了。

唐文武的婚姻也充满传奇。他的钱太多了，于是就想把存在一个银行里的钱，分一半存到另外一个银行去。他去工商银行开了个新户头，先存进一百万现金。存储员是个姑娘，长得还挺好看，关键是对唐文武特别耐心和热情。唐文武长期住在矿山，富人遍地，而姑娘稀少，什么时候被姑娘如此待见过？他一下子爱上了她。于是他隔三岔五就去存钱，抱的都是现金，而且专候喜爱的存储员的柜台。他现在已经从员工栏知道她的名字了，叫李雪丽。李雪丽看着一个叫唐文武的小胖子频繁地找她存钱，每次都是一百万，原有的爱情观、价值观都崩溃了。她也爱上了唐文武。

两人结婚了。

结婚后，李雪丽知道丈夫有六千万元，也知道了这么多钱的来历。她对丈夫说把这些钱拿去投资呀，存银行干什么？唐文武说吃利息呀，光利息恐怕也够我们吃一辈子了。李雪丽说你真是目光短浅，人民币终究是会贬值的，懂不懂？唐文武说那投资什么？李雪丽不假思索地说房地产。唐文武说投资房地产，六千万可能又不够。李雪丽说贷款呀！你有一个在银行工作的老婆，光是给你做饭陪你睡觉生孩子呀？于是唐文武赶紧成立一个房地产公司，取名南天座房地产开发有限责任公司，注册资金一个亿，其中跟老婆所在银行贷了四千万。一个亿注册资金的房地产公司在当年的南宁屈指可数，深得政府信任和支持。唐文武在黄金地段民族大道以每亩一百万的价格，一下子拿到了二十亩。他组织人力开始开发，兴建楼盘。老婆李雪丽开始怀孕，养胎保胎。

楼盘一期开盘销售那天，李雪丽分娩。她给唐文武生了个儿子。已铁定挣一个亿的唐文武给儿子取名唐一艺，谁都懂"艺"是"亿"的谐音。李雪丽边抱着一艺边说，一艺呀，那得赶紧给你生个弟弟出来，他可是二艺呀，生出来你可不要妒忌哦？

李雪丽给唐文武生第二个儿子，果然就叫唐二艺。这个时候唐文武挣的可不止两个亿了。

李雪丽付出的代价是，违反计生政策生二胎，被银行除名了。正好，她专心在家相夫教子，主内。唐文武在外继续打拼，同时花天酒地。

小儿子五岁的时候，唐文武和李雪丽离婚了。离婚的原因，一是唐文武屡次三番被发现有外遇，二是李雪丽对土豪做派的丈夫也心生厌恶，她毕竟是大家闺秀，父母是广西民族学院的教授。两人是协议离婚的，李雪丽分得财产两个亿，两个儿子都归她。为了儿子的将来，李雪丽迅速移民美国。她住豪宅，让儿子读名校，或许也会养小白脸。总之她活得比以前滋润，也没有再婚。

离婚后的差不多十年内，唐文武也没有再婚，却不断地享受新郎的待遇和感觉。投怀送抱的女人不计其数，有大学生、电视台主持人、歌手、小明星，直到2009年，遇到现在的老婆林小营。

唐文武遇上林小营并最终娶她为妻的过程，也很有意思。他去车展参观，也想买部车。那天他从工地直接过去，鞋子、裤腿上都是泥浆。他走到劳斯莱斯展位，停住了。一部枣红色劳斯莱斯幻影吸引了他，车的旁边站着一个车模，不可否认也吸引了他。她比他高一个头，漂亮就不用说了，他看上的女人都漂亮，只是都没有这个女孩个子高。最重要的是，她高不可攀藐视别人的样子和言行，把他刺激了。女孩看着唐文武邋遢的样子，请他离远点，别把车弄脏了。唐文武说我买行不行？车模请他看看车的价格，是八百六十万。唐文武看了价格后，对车模说八百六十万，是连你一起吗？车模也被刺激了，说可以呀，只要你买得起，连车带我这个人就是你的。唐文武叫来销售人员，当场签约，付了二百万定金。然后他对车模说，跟我走吧。

车模真的跟他走了。吃饭的时候，她告诉他，她叫林小营，是广西艺术学校大四的学生。唐文武说你就是小学文化，我也得要你呀，说话不能不算数。他本来是想吓唬她，没想到林小营当真，说，但是你得娶我，不能只是玩弄我。唐文武说，你是处女我就娶你。

果真是处女。唐文武万万没想到。那就娶呗，也该再成个家了，父母天天在催，想在死之前看到孙子。他与前妻的两个孩子跑美国去了，见不着等于没有，说不定也改姓了。

于是结婚。林小营生于1986年，比唐文武小二十二岁。

　　婚后第二年，林小营给唐文武生了个女儿。第三年接着生，终于生儿子了。

　　父母亲看到孙子重新出世，放心地相继离去了。

　　唐文武将父母的骨灰拿回上岭安葬。这是2012年。曾经的上岭青年唐英冠，因为在村里劳动积极，十九岁便被保送出去当工人，一走就是五十多年。如今死后与妻子一起，装在两个小罐里，在儿子、女儿的护送下，终于回到故乡，永久留在上岭。这是两位老人的遗愿。

　　也就是那一年，唐文武加深了对堂弟唐文宗的印象。这之前两家人其实很少来往，尤其是堂兄弟之间。唐文武生在南丹矿区，也在矿区成长和发达。唐文宗生在上岭农村，在那年之前，没有去过南宁。

　　对伯父母的殡葬，唐文宗是竭尽了全力，没日没夜地操持。唐文武只管出钱，请的是大成乡最好的风水师樊光良。墓址一选定，遇山开路，遇河架桥，在堂弟唐文宗的带动和指挥下，整个村庄群策群力，终于在吉日良辰前，造好了坟墓。骨灰下葬那一天那一时刻，风和日丽，云淡天高，数百村民前来送葬，鞭炮响彻十里山河。而下葬完毕，天空忽然云起，如龙腾虎跃，然后是电闪雷鸣，陡降暴雨。这真是了不得的天象吉兆呀！

　　唐文武无比兴奋和感动，为天象，也为村民。临离开上岭时，他大笔一挥，捐款五百万，给上岭村建新校舍、铺水泥路和重修码头。他敦促堂弟尽快把祖屋给翻建了，问需要多少万。唐文宗说四十万就够了。唐文武说我给你六十万，把房子建好。

此刻唐文武坐着讲述自己故事的房屋，便是他出资兴建的，尽管主人不是他。他主动放弃对祖屋的部分继承权和产权，全部归于堂弟唐文宗。但是，他对这栋房屋的翻建，是有重大贡献的。至少，他随时都是可以过来居住的，比如这次。

堂哥唐文武的故事，让唐文宗和黄爱条听得是目瞪口呆，除了后面那一截，是他们亲眼所见知道外，其他的都是第一次听说。他们觉得比热播的抗日剧还离奇，那个他们不信，而堂哥的故事他们认为是真的。小不点的唐卫根和唐红豆也是听得如雷贯耳，尽管有许多少儿不宜的内容。他们觉得大伯太伟大了。他们原来也听说，他们现在读书的学校，走的水泥路，过河的码头，还有他们家住的房屋，都是大伯出资建的。现在听到大伯亲口说出来，那感觉是不一样的，就像从照片上看大伯和见到真人，感觉是不一样的。照片上的大伯不会动、不说话，而真人活灵活现，像活蹦乱跳的鸡鸭鹅鱼狗。

大伯的故事，唐卫根和唐红豆还想听下去。但是大伯突然不讲了，他肥大的身体一歪，掉下凳子，翻在地上。

唐文宗和黄爱条急忙托起唐文武，他们想把他抬上楼，但他实在是太重了，只好把他拖拉到一楼的房间，用力抬上床，给他垫高枕头，盖上被子。

看着昏迷一样的唐文武，黄爱条说："堂哥不会有事吧？"

唐文宗说："他喝不惯土酒，又喝了一天，肯定是醉了。睡一觉就好。"

"万一有什么事，我们可担当不起呀。还是叫韦始山来看看吧？"黄爱条说，她说的韦始山指的是村里的医生。

唐文宗说："叫韦始山过来，那堂哥回家的事不就传出去了吗？"

"那怎么办？"

"你倒杯蜂蜜水来，我喂他喝。"

黄爱条便去冲杯蜂蜜水。回来一看，只见丈夫倒在他堂哥旁边，也睡着了。因为丈夫躺在外边，她无法喂唐文武，便把蜂蜜水放在床头柜上。

第二天，黄爱条进来，见两个男人还在睡，一个搂着一个，都在打鼾。床头柜的蜂蜜水已经喝干了，却不知道是谁喝的。

中午，男人们终于醒了。唐文宗起得了床，唐文武却起不来。土酒还在唐文武的身上发挥作用，让他疲软不堪。他当然要继续睡下去。

唐文宗忽然想起今天中午有人请酒，是村主任韦礼响的儿子结婚，不去不行。他交代黄爱条务必照顾好堂哥，便出去了。

# 三

村主任韦礼响家的房屋，今天里里外外人来人往，熙熙攘攘，像是一个圩日的圩场。这热闹、壮观的场面是可以预料到的。一个村主任的儿子结婚请吃酒，谁会不来呢？就是有仇恨也得来，何况仇恨他的人不多，不然一人一票，他怎么能高票当选呢？

唐文宗来迟了，婚宴已经开始。他被请到相对靠里边的桌宴，加了个座坐下。他发现在座的不是村干部，就是回家过年或专程回来吃喜酒的县里、省城的干部，除了个别不认识，都认识。唐文宗觉得自己能成为座上客，一定是因为他堂哥唐文武的缘故。毕竟村里的学校、道路和码头，堂哥唐文武是真金白银捐了五百万的。所以他心安理得地坐下，大大方方地喝酒敬酒。昨天与堂哥拼了一天的酒，并没有使他的酒量下降。他既来者不拒，又勇往直前，像一匹野马。

席间，一个男人盯着他，正是他不认识所以被他忽略的那个人。他发现被这个人盯好几次了，于是站起来过去敬酒。他站在陌生人面前说："这位领导是哪位？我好像没见过。"一旁的村会计潘兴周便起来介绍说："哦，这是村长的姑爷，新姑爷，没来过，第一次来。"村主任的女婿说："陆京。"唐文宗说："陆姑爷，敬你。"敬完酒，唐文宗回到原位，发现这叫陆京的村长女婿还不时盯着他看，就好像他是个怪物一样。他有些不爽，但也不能拿人怎么样，这毕竟是村长的女婿，新姑爷。村长韦礼响的前任女婿，唐文宗是知道的，姓王，是县教育局局长，因贪污受贿腐化，进去了。村长女儿便和他离了婚，她再嫁的这个男人究竟是什么来头？

他悄悄问身旁的韦始山："这村长的新姑爷是干什么的？"韦始山说："你没来之前，他们介绍说，是在南宁工作，好像是一名法官。"唐文宗说："村长前面的姑爷，就是被法官判了坐牢的，女儿怎么还嫁法官呢？"生性幽默的韦始山看着唐文宗，说："你的意思，我这当医生的，给男人看病，也给女人看病，难道我就是流氓医生吗？"唐文宗就笑了，不再过问和评价。

虽然喝得尽兴，但唐文宗记得家里还有堂哥，便提前告退。临走他再次去给村主任韦礼响敬酒，"村长，我家还有事，先走了。"

韦礼响看着唐文宗，说："是唐老板，你堂哥回来了是吗？"

唐文宗愣怔："谁说的？没有没有！我提前走，是另外有别的事。"

韦礼响说："回来就回来呗，有什么好怕的，不管他生意做得好还是不好，他为人怎么样，我们上岭村都记得他、欢迎他。"

唐文宗觉得村长说得在理，听得舒服，但也话里有话。

他联想到老婆黄爱条在堂哥回来的头天晚上，他认为是乱说的话，又跟刚才村长的法官姑爷老是盯着他看联系起来，觉得有什么不对。难道堂哥出事了吗？出什么事了？

"我不晓得你堂哥回来，所以没有请他，"韦礼响说，"要不现在去请他来？我和你一起去请。"

唐文宗迟疑一会儿，又急忙说："不不。我堂哥没有回来，现在没有。他什么时候回来，我不晓得，现在还不晓得。我走了。"

唐文宗头重脚轻地往家走，像一头寻找不到食物的熊家长。

一进门，唐文宗立刻揪住儿子的耳朵，把正写寒假作业的儿子提起来，拉到一边，说："我昨天怎么跟你讲的？一转身你就传出去了，我踢死你！"他果然抬起一条腿，但只是虚晃了一下，没有真踢。

"我没有讲！不是我讲的！"唐卫根说。

唐文宗将目光射向女儿。

女儿唐红豆放下正在写作业的笔，未等父亲发问，先呜呜哭了："他们逼问哥哥，还打他。我为了救哥哥，才讲的。"

唐文宗站着没动，他的火气意外地没有对女儿发作。老婆黄爱条在拿笤帚装模作样地扫地，其实是在把丈夫毒打儿子女儿的工具收了。

唐文宗看看黄爱条："堂哥呢？"

"还在睡觉呢。"黄爱条说。

"他吃东西没有？"

"我熬了碗粥，刚给他喝了。"

唐文宗走到一楼靠近楼梯的房间，进去了。

唐文武还躺在床上，眼睛睁着。刚才外面堂屋的动静，他像是听到了，不会听不到。他等堂弟进来解释。

但是唐文宗进来，恰恰是想听堂哥唐文武解释的。

唐文宗拉了张凳子到床边，坐下。他低着头，说："武哥，我今天去吃酒，听见一些事，跟你有关。我想听听你讲，是怎么一回事？"

"什么事？"唐文武说。

"我就是想听你讲，是怎么一回事呀？"唐文宗说。

"你不讲是什么事，我怎么跟你讲是怎么一回事呢？"唐文武说，口气有点大，是老大对老二说的那种口气，但还算客气。

"村里有人晓得你回来了。"唐文宗说。

"你儿子、女儿不传出去，谁晓得我回来呢？"

"有人晓得你我儿子、女儿不晓得的事，也晓得我不晓得的事，"唐文宗说，"我不是为我儿子、女儿开脱。"

"那为什么？"

"我想帮你，但是我要晓得你发生了什么事，才晓得怎么帮你。"

"那还是得你先讲呀，你晓得什么事？有人……有人是谁呀？他们说我的是什么事？你要讲出来，或者问我，我才能回答你，文宗！"

"好，那我问你，"唐文宗说，他抬起头，看着唐文武，"你现在的生意，是不是不好？不顺？"

唐文武不吭声。

"讲呀？"

"你问完我一起回答你。"唐文武说。

"你是不是得罪了什么人？"

"还有吗？"

"你是不是得罪了什么人，才跑回上岭，躲在我这儿？"

"还有吗？"

"没有了。"

唐文武坐了起来："你先去把门关上。"

唐文宗出去，先把大门关上，再回来关上房间的门。

"我现在回答你，跟你实话实说，反正我不把你当外人，我信任你，不然我也不会跑回上岭，躲到你这儿来。"唐文武说，他的态度软和、实诚，像是唐文宗刚才指出的那几个问题，都像镰刀钩中要害。他不坦白不行，不跟可靠和值得信任的人一五一十地坦白，他就得不到帮助和保护，甚至会发生危险。

唐文武开始坦白。跟自己的堂弟坦白，他没有顾忌，也顾不上顾忌了，因为他需要堂弟的帮助和保护。关于近几年发生在他身上和身边的那些破事、烂事，反正已经发生了，外面的人都知道，光跟堂弟隐瞒、跟上岭人隐瞒有什么用？其实最没必要隐瞒的就是上岭人，就是堂弟。或许只有把真实情况让堂弟和上岭人知道，他才能长期隐居下去，他的安全才有保障。他豁出去了，就像是赌一把，不是赢就是输，主要是靠运气。运气不好就是他妈的倒霉，对唐文武来说，一倒霉便是倒大霉——

　　唐文武的霉运或者走衰，应该是从2015年下半年开始的。首先是遇到股灾，大盘从五千一百多点，直落到两千六百点，像瀑布一样飞流直下近三千点。他投在股市里的一亿多元，被爆仓、割肉，几乎蒸发殆尽，只剩不到两千万元。当然受灾的不光是他一个人，还有千千万万股民。他和他们一样，在股市这台绞肉机里，几乎变成碎肉。这倒霉他认了，不能认栽的是他的企业。他的房地产开发必须进行下去，这是他的主业，是他唐文武正在走下坡路的南天座集团力挽狂澜、扭转乾坤的唯一希望。他决定重整旗鼓，并继续向银行贷款。但银行不给贷款了。银行一开始说先把原来的欠贷还了，才能重新贷。唐文武凑够了钱，把之前的贷款还清了。但最后银行还是不给贷，先还后贷纯属是诱骗人的把戏。这些比商人还狡诈的银行家，在房地产景气的时候，求着你跟银行贷款，他们跟你交朋友，称兄道弟，当你感冒发烧去医院打吊瓶的时候，一定会拎着水果去探望你，比亲人还疼爱你。唐文武本来是不想贷款的，他不缺钱，但因为银行家的盛情难却，贷了。多余的钱，他只好投进了股市。如今股市血本无归。房市低迷，银行收紧银根，公司资金链断裂，怎么办？只有跟民间借贷融资。

唐文武首先想到的就是他的大恩人，荣旺集团的陈荣旺。他去找陈荣旺。这个商业大亨对这位靠卖茶叶蛋成为集团前股东的小弟，依然十分关照。他如数借给唐文武五个亿。

再跟其他民间信贷机构借些，唐文武借到近八个亿，继续开发房地产。他差点半途而废的楼盘，重新有了生机，像被迫断奶的孩子又有了奶喝。然而楼盘建好了，却卖不动。唐文武这次建的是商场，恰逢公司和实业倒闭大潮，商铺无人问津。他认为这是马云和刘强东给害的，是他们的网络经营模式扼杀了实体店的生存。但是除了骂，又不能告他们。倒是他成了被告，告他的人正是陈荣旺和其他债主。在屡次三番催债不成之后，众债主把唐文武告上法院。毫无疑问唐文武输了官司，连本带利要偿还原告们八个多亿近九个亿。九个亿，把楼盘拿去分吧，我不要了，唐文武是这么想的。但大多数债主不干，就要钱。要钱没有，要命也没有。于是唐文武成了法院认定的老赖。他的名字上了最繁华的朝阳路LED视频上法院公布的老赖名单。他坐飞机、坐火车、入住宾馆被禁止，甚至通信也被限制——当别人拨打唐文武电话或唐文武拨打别人电话时，会分别听到这样的语音提示："您拨打的机主已被南宁市青秀区人民法院发布为失信被执行人。""你已被南宁市青秀区人民法院发布为失信被执行人，请尽快履行生效法律文书确定的义务。"有这么多限制和禁止，唐文武出国出不去，国内也走不远。房子被封了，所有的友人、情人都将他拒之门外。拨打或接听别人电话要先接受一番教训，对他来说就是受辱。春节临近，又一波催债高峰来袭。那些已经撕破脸变得火冒三丈的债主，掘地三尺也要把他找到。

上岭村的堂弟家，成为唐文武唯一的藏身之地。

唐文宗听完唐文武的坦白，脸色突变，像铁板一块，他重重地说："你起来，快起来！"见唐文武茫然，催道，"还愣在这干什么？"

唐文武下床找鞋、穿鞋，才听到堂弟说："上楼去，别下来。"他抬头仰望堂弟，眼睛晴朗，像是明白了堂弟的真实意图。

唐文宗目送堂哥唐文武上楼后，他歇息了一会儿，像是思考对策。然后，他开始动手干活。

钢条、电焊工具被唐文宗找来，为他所用。在焊花的绽放中，渐渐地，钢条被焊接成一扇门。

唐文宗把门扛上楼。在三楼的楼梯口，他把门装好后，挂上锁。

唐文武从楼上下来，见状，在门里边问道："你想干什么？"

唐文宗不说话，把锁的两把钥匙，递给唐文武一把。唐文武将手从门栅里伸出来，接过钥匙开锁。锁打开，门也开了。

唐文武恍然大悟，说："哦，原来我可以出去，是防别人上来。"

这时唐文宗已经把一对儿女叫上来，他命令说："从今天起，你们和伯伯一起，住在三楼。不是我开的门，不许出来。"

儿子、女儿自然十分高兴，就差跳起来。兄妹俩立刻跑进二楼房间，抱出书包等物，噔噔上三楼去了。

唐文武已经是感动得要流泪了。他知道堂弟装这道门，是为了预防外人闯入，是为了不被人发现他的行踪，而不是禁锢他。为了不让他误会，堂弟还把一对儿女，禁闭在三楼，像是人质一样，目的是请他放心。

"老弟，"唐文武看着用心良苦的堂弟说，"我其实还有一点钱，和一些黄金，都在我的包里。够我们在上岭，过个三五年、七八年，没问题。"

唐文宗说："今后，饭菜也从楼下端上来，我们都在三楼吃。"

# 四

春节过后，上岭村迎来春天。树木长出新芽，花苞吐蕊，种下的玉米已经出苗。从外面回来过节的人早已走光，学校的老师、学生也上完了第一单元的课程。

唐文武瘦了一圈。

他是不知不觉瘦下来的，没有刻意的减肥行为，饭照吃酒照喝，觉更是没少睡。两个月过去，他突然发现裤头松得厉害，扣紧裤腰带后，尾端多出了两寸长，原来的眼孔已经使用到最里面的一个，需要重新打眼。最重要的是，他的气色和精神好了许多，皮肤红润，耳聪目明，气力充沛，自我感觉像一头可以连续犁五分地的牛犊子。

这是什么原因呢？

唐文武把瘦下来，精力好转的原因，归结于食物与气候。这应该是正确的。两个月以来，他吃的蔬菜和瓜果，都是堂弟家的田间地头采摘的，不施一勺化肥，不喷一滴农药。他吃的鱼虾，也是堂弟亲自下河捕捞的，下锅之前仍然活蹦乱跳。原来喝不惯的农家米酒，现在已经觉得有滋有味，即使有茅台摆在面前，他也不会换着喝了。山野清新的空气沁人心脾，没有什么比天然氧吧更让他呼吸酣畅。清冽、纯净的山泉水洗涤他身体内外的脂肪、毒素，让他感觉仿佛脱胎换骨，重新做人。

这样素朴、与世隔绝的日子原来也是很快活的呀。

如果催债人的特使不出现在村庄，如果村庄的墙壁和树干，没有粘贴那一张张"悬赏启事"，那么这快活的日子还将继续下去。

两个陌生人出现在村庄的时候，唐文武还在楼上睡回笼觉。一大早的时候，他起过一次床，目送堂侄子唐卫根和堂侄女唐红豆去学校后，他在楼顶跳了一会儿绳，出了一身汗。然后洗澡，喝了堂弟老婆黄爱条送来的一杯牛奶，继续睡觉。睡梦中，陌生人进入村庄。

陌生男人一胖一瘦，开来一部凯迪拉克越野车，找到村部后停下。他们走进村部里面，见到值班的村主任韦礼响。

胖男人和瘦男人分别出示名片，名片上各自写着单位的名称、姓名和头衔。胖男人叫兰世辽，是南宁新美集团财务部经理。瘦男人叫赖宝耿，是桂和集团办公室主任。他们自称是唐文武的朋友，是来寻找唐文武的。

韦礼响很意外，也很警觉，说："你们找唐文武，为什么要到我们村来找？"

兰世辽说："因为我们找了很多地方，都没有找到唐文武，所以我们找到这来。"

赖宝耿说："我们刚刚发现，唐文武的祖籍是化安县大成乡上岭村，因此我们想，我们的朋友可能藏在这个村里，在他亲戚家什么的。"

韦礼响说："你们既然是他的朋友，为什么不晓得他在哪呢？他为什么也不告诉你们他在哪里呢？"

兰世辽说："不瞒你说，我们曾经是朋友，但现在他借了我们的钱，欠债不还，就不是朋友了。我们是来找他还钱的。"

赖宝耿说："村长，唐文武欠我们的钱，是经法院判决过的，但他就是不还。他拒绝履行法院的判决，就是我们常说的老赖。"

韦礼响看着赖宝耿说："也有别人叫你老赖吗？"

赖宝耿说："别开我玩笑，村长。我是来求你帮忙的。实话告诉你，唐文武借我们集团钱的时候，我是做了担保的，因为我以为我们是朋友，我把他当朋友。可是他欠债不还，可把我这担保人给坑了。"

"还有我，"一旁的兰世辽说，"找不到唐文武，我这个担保人就会被我们集团给踢了哟！"

韦礼响看着两个做可怜状的人，说："既然唐文武被法院宣布是老赖，为什么是你们来找他，而不是法院来找？"

兰世辽说："村长，这你就不懂了。法院哪有我们着急呀！但是只要我们找到唐文武在哪，法院一定来捉拿他，或者我们直接把他交给法院，法办他！"

赖宝耿说："村长，如果你能给我们提供情报，让我们知道唐文武藏在哪儿，我，还有兰经理，我们给你奖金。您，一个人拿。"

兰世辽说："我们一人给你五万，一共十万。"

村长韦礼响沉默了一会儿，像是在掂量。他抽完一支烟后，说："二位对不起，我不晓得唐文武在哪，我没见过他，你们到别的地方找去吧。"他边说边站起来，意思很明显，请兰世辽和赖宝耿走人。

兰世辽和赖宝耿走了，但留下了悬赏启事。他们一边离开一边张贴，从村部到学校，然后村中、村口，墙上、树上。

放学的唐卫根和唐红豆看到一张，被唐卫根揭下，带回家。他主动把卷成筒的纸交给爸爸唐文宗，像交一份得高分的试卷一样。

唐文宗也以为是试卷，打开一看，居然是一张悬赏启事——

### 悬赏启事

唐文武，男，54岁，广西南丹人，祖籍化安县大成乡上岭村，较胖，身高1.66多。

唐文武经法院判决，需偿还我等数家集团、公司债务数亿元，但此人拒不执行法院判决，已人去楼空。有知其下落者，望提供线索。

一经核实，定重谢人民币十万元！！！

提供信息者，我方会严格保密！

联系人电话：兰先生 186377××521 赖先生 18977××8103

唐文宗没看完悬赏启事，手便开始哆嗦。看到最后，连身体也发抖了。他的激动可不是因为堂哥的被悬赏和十万赏金，而是感觉到了危险的步步临近，以及保护堂哥的紧迫性和责任感。从现在起，他必须全力以赴，保护堂哥。

唐文宗骑上摩托车，把儿子抱到自己前面。父子俩齐心协力，像同仇敌忾的战友，在村庄里穿梭，寻找悬赏启事。他们见一张撕一张，撕了这村撕那村，一直撕到他们认为撕完了为止。

起床后的唐文武，半天才见堂弟和堂侄子回来，从他们粘满糨糊、纸屑的手和凝重的神情，他感觉到发生了与他有关的事。"是不是有人到村里找我了？"他说。堂弟不置可否，像是不知如何回答才好。堂侄子说："哇，我算过了，十万块钱，是一千张一百！大伯你好值钱。"唐文宗立即给了儿子一巴掌，儿子像被打痛的狗，跑开了。唐文武向堂弟伸手，"拿来给我看看。"唐文宗掏出一张折叠的纸，递给堂哥，"其他都被我撕碎了，就剩这张。"他说。

唐文武看了看悬赏启事，退还给堂弟，说："十万块钱不少，应该还是有人心动的。"

唐文宗说："我都撕光了，应该没人晓得了。"

唐文武说："就你一个人晓得了。"

唐文宗一怔，听出话里有话，说："武哥，别说十万，就是五十万一百万，我都不会出卖你。"

唐文武急忙说："老弟，我不是这个意思。我的意思是说，世上没有不透风的墙，何况悬赏启事张贴过后才被你撕掉，一定是有人看见了。那么，瞒是瞒不住的，就看我这个人，或者就看村里的人，值不值得为了十万块钱，把我出卖。"

唐文宗坐立不安："那怎么办？十万块钱可不算小。武哥，我看你还是另换一个地方吧？"

唐文武摇摇头："不换了。上岭是我认为最安全的地方了。第一，我老祖宗在这，这里的人都算是我的父老乡亲。第二，我为上岭村做过善事。如果这两样东西抵不过十万块钱，真有人把我卖了，我就认了。"他淡定地说，"但是预防是需要的，到目前为止，你的防范工作做得不错。"

得到表扬和信任的唐文宗心情稍微放松，他看着桌上未动的酒菜，说："从今天开始，我们都少喝点，要时刻保持清醒。"接着，他转头朝楼下喊，"黄爱条，把大门也给关了！"

在楼下侧耳听了个大概的黄爱条，应声来到一楼大门口。在关上大门之前，她把半个身子倾向门外，向左右和前方看了又看，像一名做贼心虚的人。她身处自己的家里，感觉却像做贼，是因为家里窝藏了一个跟贼差不多的人。那是她丈夫的堂哥，曾经的富翁，而现在破产了，欠了一屁股的债，被人追过来了。谁把他供出去，就会得到十万块赏金。她知道她丈夫不会要这个钱，她想要也不能要。夫妻同心，她得和丈夫站在一个战壕里，一致对付可能出现的险情或敌人。目前还好，外面像往常一样平静，不远处路过的人，看不出有谁鬼鬼祟祟。睡卧在门外的狗，连眼睛都懒得睁开，因为它从气味中能闻出都是村里的熟人。这意味着如果村里有人想出卖堂哥，要偷偷摸摸过来打探，狗是不会吠叫的，等于是废物一条。那又能怎么办呢？就等于是插在田里的假人，能吓唬多少鸟就是多少。她把狗留在门外，关上门。

黄爱条在一楼还没转完一圈，就有人敲门了。她心跳到嗓子眼，轻轻走到门边，说："是哪个？"

"是我，韦礼响。"

如果是平时，黄爱条一听是村长或熟人的声音，她肯定立刻就把门开了。但现在情况不一样了，家里藏着一个被悬赏十万的人头，得小心呀。她轻轻地离开门里边，走到厨房，然后喊道："村长，是你呀！你等一会儿，我马上就来！"

黄爱条的呼喊，其实是针对楼上的堂哥和丈夫。她的脸和嘴唇，都是朝着楼上仰翻和张开的。

估摸丈夫和堂哥做好了防备，黄爱条又走到门里边，把门打开。

韦礼响站在门口，背着手，像一个德高望重的人，事实上也是。他边进门边说："大白天关什么门呀？"

黄爱条支支吾吾正在编谎话的时候，丈夫下到一楼了。她急忙把丈夫推到村长面前。

"村长来了，有什么事吗？"唐文宗说。尽管已有准备，他还是显得有些慌张，手忙脚乱、东张西望，就是不敢正视村长，像一个做了亏心事的人。

老成持重的韦礼响从唐文宗夫妇的举止看出来名堂，却没有捅破。他说："是这样，文宗，今天村里来了两个人，是来找你堂哥唐老板的。说什么什么的，我不理他们，把他们打发走了。那么我来呢，是想告诉你，请你给你堂哥打个电话，或者晓得你堂哥在什么地方，去找他，亲口告诉他，让他注意点。你堂哥唐老板，是对我们村有大贡献的人，我很担心他，不希望他有事，希望他平平安安，万事顺意！"他态度亲和、友善，调门越来越高。

"是吗？谢谢村长。"

"就这事，我走了！"韦礼响说完，转身就走，像是一个识相和得体的人。

"村长你坐一坐再走，喝杯茶再走！"唐文宗说，他挽留韦礼响，像是真心，也有些假意。

"不了。"韦礼响举起一只手，边走边说。

村长一走，唐文宗让老婆继续留在楼下，他跑上楼去。

只见楼上的堂哥满脸喜色，不停地点头，像是有人给了他一大笔钱一样。刚才的紧张和慌乱全不见了。

"村长的话，你是不是都听见了？"唐文宗说。

唐文武说："幸亏我为村里做过善事。"

唐文宗说："我感觉村长是晓得你在这，是故意说给你听的。"

"那没关系呀，懂了装作不懂，更好呀，说明我在这村里是安全的，没有人会出卖我，他想告诉我的就是这个意思。"唐文武说。

"可万一……"

"不用想歪了，"唐文武打断说，"我就当我是一个红军的伤兵，藏在一个叫上岭的村庄，而上岭的百姓，以村长为首的百姓，把我当好人收留和保护。白军来了，敌人来了，无论怎么威逼利诱，也绝不把我出卖！"他边说边拉唐文宗坐下，"我们可以放心地喝酒了。"

唐文宗没有碰杯，"当年韦拔群，割他头的，可是自己的亲侄子。"他疑虑地说，举了一个在广西乃至全国家喻户晓的例子——韦拔群是二十世纪三十年代右江革命根据地的开创者之一，是离化安县不远的东兰人，如今算是同一个河池市。他是百色起义后成立的红七军第三纵队司令员、第二十一师的师长。红七军在河池整编准备北上，韦拔群把二十一师全部主力和人马交给了邓小平，只留下番号和几个贴身的人，在广西继续革命。不幸，他在现今的长寿之乡巴马的一个山洞里，被最信任的侄子韦昂给杀害了。

唐文武盯着唐文宗："除非你是韦昂。"

唐文宗把杯子往桌上重重一搁，说："我看你也不像韦拔群！"

唐文武见堂弟生气了，急忙说："开玩笑的。我错了，我向你赔不是。我罚酒三杯。行不行？"他说到做到，自罚了三杯酒。唐文宗这才解气，和堂哥一对一，持续喝了起来。

两人喝得昏天黑地，日复一日，忘乎所以。明媚的春光，从绚烂到衰败，他们全然不觉。他们陶醉在难得的血缘亲情里，对唐文武，更多的是沉浸在声色犬马的回忆中。

唐文武已经半年以上没碰过女人了。来上岭村前的三个月，他和女人算是绝缘了。前任和后任妻子早已去了国外。在国内的老情人，自从他的企业破败后，一个个地避而不见了。他在她们身上花的钱真多呀，加起来接近一个亿。这一个亿，足可以让化安县一万贫困人口，告别贫困。他怎么舍得在这些逢场作戏的女人身上花那么多钱呢？想想真是不可思议、后怕、活该。当然他为前任妻子和后任妻子付出的更多，但她们毕竟是妻子，或曾经是妻子，分别给他生了总共四个孩子。孩子是无价之宝。他想念他的孩子们。在上岭村的三个月里，每当与堂弟、堂弟老婆谈及孩子或独自想念的时候，他就流泪，也像孩子想念父母一样哭。

唐文宗和黄爱条就轮流安慰他、哄他。

唐文宗说要不给他们打电话吧，用我的电话打。

唐文武说不可以，一打就暴露了。你的也不行，说不定你的电话也被监控了。那帮债主们，有的是手段。

黄爱条说如果你一辈子再也出不去，孩子们又不回来。你就把我的孩子当成你的孩子好了。总之有人孝顺你，为你养老送终。

唐文武说，这个可以有。其实现在我也是把卫根和红豆当成自己的孩子看待了，只是我没有钱为他们创造更好的条件。

唐文宗说等风头过去，债主们把你忘了，你可以自由活动的时候，再在我们乡村找一个，农村的女人结实，找一个屁股大的，搞一对龙凤胎出来。

唐文武摆摆手说我都五十多了，还当爸，不当了。

唐文宗说，但你身边总得需要一个女人呀。你习惯了身边有女人。你现在这种情况，还不能允许你有女人，这是我觉得最对不住你的地方。

唐文武说女人嘛，你不腻。我是腻了。

黄爱条抢着说唐文宗早就腻我了。

黄爱条似乎说的是事实——

丈夫唐文宗已经不像以前那样有求必应了。在唐文武躲到上岭之前，黄爱条只要有想法，便摸一摸丈夫唐文宗喜欢被摸的地方，唐文宗一定是心领神会、跃马扬鞭。事实上唐文宗不这样也不行，老婆的基本欲求如果得不到满足，那是要出事的，何况老婆的欲求比一般女人都强烈，唐文宗是这么觉得的，老婆就像是一个无底洞，怎么也填不满。做她老公真是累呀，要有一不怕苦二不怕死的牺牲精神才行。事实上唐文宗为了老婆，是做出了巨大牺牲的。比如五年前的2013年，本来唐文宗是在唐文武的集团工作的。唐文武对他很不错，一进去就安排他在办公室。虽然是打杂，但工资可不低，一个月六千元，还包吃包住。但是唐文宗只干了三个月就不干了，这跟待遇无关。真相是上岭村刚刚发生了一起谋杀案，被杀的人叫韦三得，是一个无恶不作的烂仔。村里的女人，只要丈夫在外面打工的，基本上都没逃过他的手掌。那么谋杀他的人，就是发现自己妻子被韦三得奸淫过的丈夫：韦民先、韦民全等，以及幕后的策划和指使者：派出所警察黄康贤——他的初恋唐艳上高中之前，被韦三得夺走贞操。直到七年后黄康贤大学毕业，当了大成乡派出所警察，他才终于复仇。他利用韦民先和韦民全两兄弟等，杀了韦三得，还把韦三得伪装成了自杀。但最终还是被发现了。黄康贤吞枪自杀，韦民先、韦民全等进了监狱。这起事件让身在南宁的唐文宗听闻，如雷轰顶。他觉得身为丈夫，必须回家，守在老婆身边。于是他向集团董事长唐文武提出辞职，他说堂哥，上岭很小，老婆为大，我要回去。堂哥批准了他的请求。唐文宗回到上岭，当晚即审问老婆：你有没有被韦三得搞过？黄爱条理直气壮地回答：你再不回来，没有韦三得，我也会跟韦四得、韦五得，你信不信？唐文宗吓得半死，说老婆，从今往后，我和你，再也不分离！

唐文宗对老婆的承诺似乎是做到了。五年了，他离开老婆最远的地方是大成街，而且是匆匆来去，不会超过两个小时。一到了晚上，便是和老婆如胶似漆、耳鬓厮磨，直到堂哥唐文武的突然出现。

唐文武来了以后，黄爱条和唐文宗的那种事便少了，而且是越来越少。以前是夜夜笙歌，堂哥入住以后，是隔三岔五，每周一歌，现在是一个月难得一回。丈夫每次都马马虎虎、磨磨叽叽，像送奶工或抄电表的。

唐文宗是这么跟老婆黄爱条解释这一反常现象的："第一，堂哥在楼上，我们在楼下。堂哥身边没女人，他没活干，我们干活，我心里过意不去，有障碍。第二，我们做活的时候，你的发声太大，屡次三番劝你你就是控制不住。我怕他受不了这个刺激。他来我们家后就没碰过女人，已经睡了三个月的素觉了。所以，我得陪他吃素。"

黄爱条不服，说："堂哥身边没女人，又不是我们造成的。他这是自作自受，从前有那么多女人，像皇帝一样，管都管不过来，他在意过你吗？或者你在他身边打工的时候，送一两个给你享受过吗？另外，我发声太大怎么啦？我不晓得呀，有了快感我就喊。你七八天、半个月，现在一个月才给我一次，我不喊才怪。哦，他睡素觉，你就陪他吃素。他要是吃枪子呢？这个可说不定，你也陪他吃枪子呀？"

唐文宗说："黄爱条，做人要厚道，不要忘恩负义。你想想，我们现在住的这栋楼，哪个给的钱起的？堂哥吧？六十万呀。给我们村起学校、修路和码头又几百万，功德无量我就不说了。光凭给我们家这六十万，就是恩重如山哪。我们忍一下不行吗？忍一个月不做，忍半年不做，死得了人吗？堂哥那么花的人，都能忍，我们更能忍。我就不明白了，我能忍，你为什么不能忍呢？"

黄爱条说："女人三十如狼四十如虎，我今年三十二岁。我问你，狼能忍住嘴边的肉不吃吗？饿狼没东西吃的时候，是不是要嗥嗥叫？而明明嘴边就有东西却吃不上，是不是更嗥嗥叫？"

"总之，堂哥在我们家一天，这种事我们就尽量少做，最好不做。"唐文宗说，"这是纪律。"

黄爱条嘟着嘴："他要是一辈子不走了呢？"

"这是不可能的。"

"为什么不可能？"

"因为归根结底，他不属于这里，"唐文宗说，"就像他说过的那样，他只是在上岭村养伤。伤养好了，他就会离开，追赶他的队伍去。他的队伍都是富人，在我们穷人圈里他是待不惯的，就像受伤的鹰待在鸡窝或老鼠洞里，吃得再肥，最终它也是要往天上飞的。"

丈夫最后一番解释，把老婆黄爱条说服了。她有怨言，但再没有往外说。每当欲火中烧，她就进卫生间，洗冷水澡。可是夏天快来了，水不够冷，欲火是灭了，但身子还是内热呀。于是她就继续待在卫生间里面，用手解决。只要闭上眼睛，再那么一幻想，那感觉竟然是极好的。为了不让丈夫发现，卫生间的门必定锁死，水龙头的水照样哗啦啦流着。卫生间狭窄、闭塞，水汽腾腾，却是她的天堂。


# 五


夏天来了。村庄的气温升高。

对唐文武的悬赏，也涨到了一百万。

唐文宗是在被村主任韦礼响约谈后，才知道这个信息的。

被韦礼响约到村部去谈话，显然是非同一般的事情，而韦礼响俨然也是代表了组织，谈的仿佛是公事。

韦礼响首先把一大沓纸推到唐文宗面前，最新一版的"悬赏启事"赫然入目。唐文宗看到对堂哥唐文武的悬赏金额到了一百万，他盯着数字，个十百千万十万百万，数了又数，没错，就是一百万。不到两个月，堂哥的人头怎么就涨了这么多？

"这是另一拨人对你堂哥唐文武的赏金，"韦礼响说，"来了很多人，昨天来的。"他接着亮出一张名片，指着名片上的名字，"为首的是这个人。"

唐文宗看见名片上印着：荣旺集团　陈荣旺　董事长

"我晓得这个人，堂哥跟我讲过，"唐文宗说，"他怎么也找到我们村来了？"

"当年我们村有地下党游击队，日本鬼子都不来我们村。现如今我们村可能藏着一个欠债的人，财主和债主们却是一拨又一拨地来，厉害吧？"韦礼响跷着二郎腿，抽着烟，像是得意自己主政的村庄终于被人重视了一样。

"你是怎么对付他们的？"

"来者不善，善者不来哪，"韦礼响边吐着烟雾边说，"我收下这堆悬赏启事了，答应了帮他们张贴。"

"村长，你这可不厚道，"唐文宗直截了当地批评韦礼响，"人不可昧良心呀。"

"我晓得。所以，悬赏启事全在这，你见我张贴了吗？"韦礼响把手架在纸张上说，"晓得我为什么不张贴，又为什么约你来吗？"

唐文宗说："请讲。"

韦礼响说："其实，我可以独自一个人，领了这一百万赏金的，你信不信？因为，就我晓得唐文武藏在你家里。但是我没有对任何人讲。两个月前来的那两个人我没有讲，昨天来的一拨人我也没有讲。为什么呢？因为我要和你商量。我今天约你来，就是要和你商量的。"

"商量什么？"

"我们要不要分了这一百万？"韦礼响说。

唐文宗瞪着浓眉大眼的韦礼响，真不敢相信这贪婪的话是从这个相貌堂堂的人嘴里说出来的。或许他是在考验我？或者试探我？"我不要，你不用考验我。我是不会出卖我堂哥的。"他说。

"你堂哥犯了法，窝藏他是不对的，上纲上线，你也是犯法。"韦礼响说。

"我没有窝藏我堂哥，我堂哥不在我家里。"

"我早就晓得你堂哥藏在你家里，对我你不用隐瞒。我灵醒得很，判断准得很。现在是天知地知，你知我知。"

"原来你真的想出卖我堂哥呀？！"唐文宗说，他霍地站起来，抱起那沓纸，扔在地上，点火要烧。他的手被韦礼响攥住。

"文宗，你冷静，请你冷静，"韦礼响说，"唐文武藏是藏不住的，躲过初一躲不过十五，迟早都会暴露。就算我不举报他，也会有别人举报他。与其让别人拿一百万，不如我们两个人分了？"

唐文宗盯着韦礼响："第一次赏金十万的时候，你还来我家，叮嘱我，要我告诉我堂哥，让他小心。现在赏金涨到了一百万，哦，难道你在钓鱼，放长线钓大鱼，等着赏金往上涨？你晓得赏金会涨到一百万？是不是你那在南宁当法官的女婿提醒你的？"

韦礼响说："随便你怎么想，总之，这回见是一百万，实话实说，我心动了。"

唐文宗说："你不是心动，你是反动，你这是当汉奸，你晓得吗？"

韦礼响说："我不是汉奸。于公于私，举报被法院判定是老赖的唐文武，都是正当的行为。我所以找你来商量，一是想保护你，希望你大义灭亲，不至于唐文武被法院执行判决后，你犯窝藏罪。二是需要有你配合，我们共同来做这件事，把这事做得名正言顺，做得圆满、做得平衡。我们俩都是本村人，抬头不见低头见，不至于撕破脸。"

"我要是不配合呢？"唐文宗说。

"我仁至义尽，那就怪不得我咯，"韦礼响说，他把烟头丢在地上，用脚踩了踩，"我给你三天时间，好好考虑。"

被下最后通牒的唐文宗从村部出来，他眼冒金星，摇摇晃晃，像一个被施咒了的人。他心里的那杆秤，一边是亲情和道德，一边是金钱和王法，忽然这边高那边低，忽然又那边高这边低，总没有平衡和稳定的时候。真他妈的难做人呀！唐文宗骂骂咧咧向代销店走去。他在货架上抓了一瓶白酒，想想不够，另一只手又抓了一瓶，然后离开。他来到河边，把一瓶酒戳在面前的沙子上，说，堂哥，这是你的。他举了举手中一瓶酒，说，这是我的。瓶盖拧开，他开始给自己灌酒，对堂哥说话——

"武哥，我的盖子太小，可能捂不住你了。韦礼响的手掌很大，他的后面还有更大的手，像如来佛的手，看来我们藏得再深，怎么翻腾，都逃不过他们的掌心。武哥，你怎么那么倒霉，沦落到今天的地步？十几亿的资产，说没就没了，还倒欠别人几个亿。又被别人悬赏寻找，简直是追杀。你躲到上岭来，藏在我家，我是要保你的，一定保你的。可是现在你被发现了，我还怎么保你呢？韦礼响势力那么强大，赏金又那么高，如果你不是我堂哥，我铁定也受不了这赏金的诱惑，把你出卖了。我难呀，怎么办？怎么办？"

唐文宗一边喝酒一边喋喋不休，看上去痛苦无比，就差用酒瓶敲破自己的头。夏天的河水混浊湍急，像一条饥饿的大蟒，他恨不得一头扎进去，喂了它算了。

很晚的时候，唐文宗回到家。一家人都集中在楼上，等他吃饭。唐文宗满眼血红，将老婆和孩子赶下楼，只留下他和堂哥唐文武。

唐文宗把村长韦礼响约谈他的内容，如实向堂哥唐文武汇报。

唐文武听后，沉默了很久，像一颗打了炮眼填了炸药等待爆破的石头。他仿佛感觉到了在劫难逃，说："既然这样，你和村长就把这一百万赏金领了分了，肥水不流外人田，我成全你们。"

"武哥，我可没有出卖你的意思，你不要误会我、冤枉我！"唐文宗说。

"那你什么意思？"

唐文宗说："我的意思是，我这里藏不住你了，你走吧。"

"我上哪去？"

"我不晓得，总之你得走，"唐文宗说，"韦礼响给我三天的时间考虑，你要在三天之内离开，最好今晚就走。"

唐文武说："好吧。"

月黑风高，临走，唐文武当黄爱条的面，把一根金条递给唐文宗，说："这个给你，谢谢你们这几个月对我的照顾。"

唐文宗没有接受，说："我要你这根金条，跟把你出卖了有什么区别？你带它逃命去吧，往后用处还多得很。"

黄爱条说："是呀，堂哥，唐文宗已经有了一颗金子般的心，就不需要金子了。"

唐文宗和唐文武两个堂兄弟顾不得领会黄爱条的水底话，开门要走。

唐家的狗站在门外，冲着自家人汪汪吠叫，阻挠他们外出。

唐文宗警惕，对唐文武说："你不忙出去，我先出去看看。"

唐文宗摸黑走向外面。在房屋附近，他看见几点烟火，分布在往村东和村西及码头的路口方向，像萤火虫一样，在黑暗中闪烁。再悄悄走近一看，原来是几个人影，抽着烟，分别守候在那。这一定是韦礼响布置的眼线，唐文宗意识到。他急忙折返。

唐文宗对唐文武说："所有的路口都有人把守，出不去了。"

唐文武颓了，说："我投降算了。"

唐文宗看着堂哥，说："有一个地方，你愿不愿意去躲？"

"什么地方？"

"我家后山上有个洞，我去年抓药的时候，才发现的。我相信村里也只有我晓得。我还藏了几罐酒在里面，"唐文宗说，"洞还蛮宽，冬暖夏凉，但肯定没有房子里舒服。"

唐文武说："我去。"

于是连夜收拾了被褥、席子，从后门出去，摸爬上山，钻进洞里。

唐文宗在洞里陪堂哥快到天亮，说："我得回去了。我每天夜里，送一次饭来。洞里的酒，你随便喝。但是不能抽烟，更不能生火。把你打火机给我。"唐文武乖乖交出打火机。"让你受苦了，武哥，"唐文宗又说，"躲过这一难，兴许就好了。"唐文武泪流满面，但唐文宗看不见。

# 六

三天期限已到，唐文宗没有答应与韦礼响合作。

韦礼响像是预料到了，提前一天给荣旺集团董事长陈荣旺打了电话，告知唐文武的藏身处。

陈荣旺带着法院的人，来到上岭村，直扑唐文宗家。法院的人里，就有韦礼响的女婿陆京。

可惜扑了个空。

楼上楼下，羊圈猪圈，都没有找到唐文武。

但唐文武居住的痕迹是存在的。最明显是三楼楼梯口的那道铁门，是新焊上去不久的。然后是三楼大房间，遗落的一本书——《篡改的命》，这是广西作家东西的著作，书的扉页还有东西的亲笔题字：唐文武兄存正 东西 丙申年八月十日。

陈荣旺看到这本书，便想起前年他和唐文武还没闹掰的时候，一起吃饭，席中便有东西、鬼子、凡一平、胡红一、黄佩华、李约热等广西作家作陪。这些作家都把新书签赠给了在座的老板们，报答老板们提供的作家们体验不到的生活素材。唐文武欠债流亡，唯独带了《篡改的命》，书如今遗落在上岭村的唐文宗家，证明了他来过这里。

人没抓到，赏金就不能领。

韦礼响的女婿陆京代表法院，对唐文宗说："唐文宗，你明知唐文武的下落而拒不举报、不配合，是违法的，你晓得吗？"

唐文宗说："我晓得。我不是正想和你岳父举报他吗，结果让他跑了。跑去哪里我就不晓得了。"

另一边，陈荣旺在给了唐文宗的儿子和女儿一人一个红包后，问："你们知道你们唐文武伯伯现在在哪吗？"

唐卫根和唐红豆都表示不知道。他们确实不知道，因为唐文武是连夜躲到山洞去的，那时他们都在睡觉。他们至今都在为敬爱的伯伯不辞而别而感到懊恼。

陈荣旺转而对黄爱条说："我承诺的一百万赏金，是经过公证处公证过的，具有法律效力，是一定要兑现的。如果你想通了，举报唐文武，你和你丈夫，还有另外一个举报人，分成两份，各得五十万。"

"另一个举报人是哪个？"黄爱条说。

"这个得保密。你，我们也会为你保密，保证不对任何人透露是你举报的，包括唐文武本人。"

"我不晓得。"黄爱条说，她望见丈夫投过来的目光像刀一样。

陈荣旺和他带来的人撤退了，但留下了人手，负有任务和使命，像驻村干部一样。

# 七

秋高气爽，从山洞的洞口望去，上岭村的景色尽收眼底——

一条大河波浪宽，风吹稻花香两岸，绿水青山似锦绣，十里竹林如画廊。

这是唐文武为上岭的风景作的诗。

他在山洞里隐藏，不知不觉已经两个月了。

山洞的生活，一开始的确就像坐牢。没有自由，没有人和他说话，没有书读。唯一可读的一本书，是《篡改的命》，已经读过两遍了，而且还落在堂弟家里，听堂弟说被陈荣旺带来的人没收了。孤独、枯燥、单调乏味，度日如年。唯有堂弟洞藏的酒可以解忧，四罐不少于二百斤的酒，如今已空了三罐。李白斗酒诗百篇，可他唐文武肚中无才，空有酒量，写不出诗呀。喝了醉，醉了睡，醒了继续喝，醉了接着睡，这是诗吗？这是狗屁诗，唐文武觉得。写诗太难了，比做生意还难。所以天底下青史留名的都是文人，没有商人。可太多的人活着的时候，却为什么拼命地往钱眼里钻呢？赚了钱的人，死后能把钱带走吗？唐文武偶尔不醉的时候，也思考这样的问题。

偶尔不醉的时候，他就趴在洞口，朝外面看。

一开始，唐文武并没有发现村庄的美。他朝山下望去，错落的房屋，在河岸两边毫无规则地立起，像棋盘上散乱的棋子一样。居住在这些房屋的人，像蚂蚁一样进出，不知有多少在觊觎他这块肉。他捐资修建的学校、码头和道路，在他看来现在像是恐怖的敌营和绳索，只要他一露面，便是送死。只要看见这些人和建筑，他便伤心欲绝。还是别看，不如喝酒求醉。

后来，每次醒来的时候，他总是听到鸟叫声，越听越好听，像悠扬的音乐，美妙少女的呼唤。他忍不住又来到洞口，趴着往外看。只见成群结队的白鸟，蓝鸟和红鸟，从山中起飞，在村庄的上空翱翔、鸣啭，像舞姿翩翩、歌声嘹亮的大型晚会的演员阵容。这些技艺精湛的鸟们真是自由和欢畅呀，它们时而俯冲，扎进稻田里，在田间嬉戏；时而，它们飞越竹林，贴着河面飞行，与鱼儿逗乐。它们纵情于村庄的土地、花木和河流，到了晚上，才回到山中。而且，有无数的鸟就住在他躲藏的山洞里，之前他居然没有发现，或者说没有注意到它们。这些他不认识或叫不出名字的鸟早出晚归，像早年勤劳的他。

唐文武被这些鸟吸引，他的目光跟随它们起降在村庄的土地、花木和河流。他的身体甚至与它们同宿。多数的鸟也已经不怕和他亲近，每天当他醒来的时候，总会发现有那么几只幼小的鸟，藏在被窝里或枕边，像孤儿一样寻求他给予温暖和庇护。而他也能慈悲地对待它们，就像对待自己的孩子。逐渐地，他的心情好了起来，忽然发现，村庄的景色竟然那么美。他情不自禁作了四句诗。

夜晚，堂弟唐文宗送饭来的时候，唐文武便把这四句诗诵给他听。

唐文宗听了，说："武哥，以后我可能不能天天给你送饭了，"他摸摸身边的狗，"它给你送。"

唐文武这才发现，堂弟把狗带来了。狗的肚皮上，绑着两个饭盒，一个装汤，一个装着饭菜。

未等唐文武问为什么，唐文宗说："情况现在很不妙，我们家的每个人，现在都被监视了，而且被盯得越来越紧。要找你的人，多得像赶圩似的。"他看着狗，"只有它能甩开那些人。"

唐文武说："那些人除了陈荣旺的人，韦礼响的人，都还有谁？"

唐文宗说："不晓得，我估计你欠债的人，你得罪的人，都来了。来了还都不走，派了人留下，花钱住在村部、学校和韦礼响家，三班倒地监控我们家和我们家的人。"

"这帮狗日的全疯了！"唐文武骂道，"我景气的时候，也帮过他们，借给他们钱，什么时候逼过他们还钱？我现在有难，都他妈像疯狗一样逼我。"

唐文宗把绑在狗肚皮上的饭盒解开取下，放在石块上。"我不能久留，走了。"他说。

唐文宗走，狗也跟着走。

唐文武呆若木鸡。本来诗兴大发、诗性也有进步的他，因为唐文宗和狗这么一来一走，意趣全丢了精光，像是男人雄起的时候，突然被狗熊舔了一下屁股，彻底瘘了。

后来的日子里，果然是狗送来饭汤。看家护院的狗，现在变成了搬运工。绑在它肚皮上的饭盒，像马驮运的货物，可它像马又不是马，不伦不类。唐文武看着来气，有一天踢了狗一脚，骂道："我饿死在这里算了，永远都不想看到你！"

狗虽然被打骂，但每天还来，风雨无阻。

这天，狗来了。狗准备走的时候，唐文武在饭盒里装了一张纸条，给狗带回去。

狗再次来的时候，饭盒里有了一只手机。

唐文武从洞里钻出来，用手机打给在美国的前妻李雪丽。

"雪丽吗？我是唐文武，说话方便吗？"唐文武小心谨慎地说。在得到对方的允许后，唐文武告诉前妻，他现在遇到了巨大的困难和麻烦，需要她的帮助，也只有她能帮助他。他知道她有钱，离婚时财产就分给她两个亿，之后以抚养孩子为由至少又给了她一个亿。他请求前妻借他两个亿，先把主要的欠债还了。他不想继续做老赖，他要自由。

前妻李雪丽回答："唐文武，你打错电话了，我为什么要借给你钱？我是你的前妻哎！我没有与你共同承担债务的义务和责任。说还是朋友，说是借，将来你怎么还？拿什么还？我不还得和你打官司呀？彻底成为仇人呀？跟我要钱，你为什么不跟你现在的老婆要？说她的钱没有我多，谁信呀？欠了债，现任的妻子不承担，却要前妻承担，亏你想得出来，说得出口！"前妻挂掉了电话。

碰了一鼻子灰的唐文武又羞又恼，想跳崖。但是远在澳大利亚的妻儿阻止了他，妻子还年轻，儿女还幼小，他们像结实的锁链，横亘在他脑子里，拴住他轻生的念头。

他忍不住给林小营打电话，倾诉他的思念。但他只是倾诉思念，却没告诉她自己现在的处境。就是说，他没告诉妻子企业已经破产了，他欠了很多债，成了老赖，东躲西藏，惨到躲进山洞里，吃的是狗粮。这些灾难性的事情，他都不跟现任妻子说，像是现任妻子不值得信任似的。

电话那边的妻子这样回答他："文武，你虽然什么都不说，但是我已经预感到了。我十个月联络不上你，还以为你死了呢。你活着就好，活着比什么都重要。你现在在什么地方？我和女儿、儿子马上去找你，有钱没钱我们都要在一起！"

妻子的话未讲完，即使是父母过世也不流泪的唐文武，已经是泪流满面。


# 八

唐卫根和唐红豆这天放学后，没有回家。

唐文宗和黄爱条比往常多等了一个小时，还不见儿女回来，着急了。唐文宗赶忙去学校。学校冷冷清清，唐文宗一面高喊儿女的名字，一面一个个教室去找。教室空无一人。他来到唯一宿校的教师韦飞燕的房间，问道："韦老师，你见到唐卫根和唐红豆了吗？"韦飞燕说："我见他们都跟同学们放学出去了呀。"唐文宗二话不说，冲进追债人寄宿的房里，却没有发现他的儿女。他接着跑到学校隔壁的村部，看见三个男人围桌喝酒吃饭，毫无疑问也是前来逼债的人。他不搭理他们的招呼，在村部里里外外转了一圈，没发现儿女踪影，又走了。

唐文宗闯入村主任韦礼响家。

韦礼响正喝着，同桌的还有荣旺集团留守的两个人。这两人一个叫贺磊，一个叫唐广。这两个月唐文宗没少跟他们打交道——他们天天来找唐文宗，做思想工作，动员唐文宗说出唐文武的下落。当年唐文武因为经不住计生干部的纠缠，让老婆黄爱条打掉了第三胎。但这阵子无论追债的人如何威逼利诱，唐文宗都是摇头，拒不说出唐文武在哪。他意志坚定，一副打死也不说的样子。

此刻，唐文宗再怎么讨厌韦礼响和追债的人，也不得不主动和他们说话了。儿女不见了，他慌乱呀，怀疑与他们有关。

"韦礼响，我儿子、女儿在哪？你们把他们藏到哪去了？"唐文宗单刀直入地说。

韦礼响一惊，站了起来，"怎么回事？"

"你别装了！装什么装？"唐文宗指着韦礼响的鼻子说，"韦礼响，我警告你，我儿女要是有什么三长两短，我与你搏命！"

韦礼响也指着唐文宗鼻子，说："唐文宗，你发什么疯？第一，这是在我家，你客气点！第二，到底怎么回事？没有证据你不要冤枉人！"他说完把手放下来。

唐文宗把手也放下来，但是气还没消："我儿子、女儿放学没有回家，到现在都没有回，我怀疑他们被绑架了！"

韦礼响说："你找了吗？"

唐文宗说："找了。学校、村部，我儿子、女儿的同学家，都找遍了，我和老婆一起分头找，没有。"

韦礼响说："那你怎么认为他们是被绑架了呢？"

唐文宗又把手抬起来，指点在场的三个男人，"你们这帮人，天天监视我一家人，想晓得我堂哥的下落，没有得逞，所以气急败坏，就绑架了我的儿女，想用儿女要挟我，对不对？"

"唐文宗，我们现在几个人都在这，一天都在喝酒聊天，没出过门，我们怎么绑架你的儿女？我们会神功吗？或者会隐身术？"韦礼响强硬地说。

唐文宗愣了愣，说："你们不亲自绑，难道不会叫其他的人去绑吗？你们的走狗多得是！"

韦礼响看了看身旁的贺磊和唐广。贺磊和唐广摇头，摇得很坚决。

韦礼响于是说："唐文宗，你不要血口喷人，我跟你讲。我韦礼响见了悬赏你堂哥唐文武的一百万赏金，心动不假。但是我绝对不会卑鄙到干出绑架你儿女的事情，你以为我蠢呀，我是法盲呀？"他指指贺磊和唐广，"他们也不会。他们是谁的人呀？荣旺集团的人，一百万赏金是他们集团出的，还需要用绑架这种歪门邪道吗？而且他们催唐文武还债，走的都是法律的途径。现在他们待在这里，目的也是要找出唐文武的下落，配合法院执行而已。"

韦礼响这么一说，唐文宗缓和了些："那到底是哪个绑架了我儿女呢？"

"你先冷静下来，回家等等，"韦礼响说，"如果到睡觉的时间还不回来，就打电话报警。"

唐文宗刚要离开韦礼响家，手机响了。他见是一个陌生号码，也急忙接了。

"唐文宗吗？"电话那头是一个男人的声音，"你儿子和女儿现在在我们手上，你想要回儿子和女儿，就把唐文武放出来，交给法院。警告你，不许报警。你敢报警，你就再也见不着你儿子、女儿！你不信，现在听听你儿子的声音。"

电话里接着传出儿子唐卫根的声音："阿爸，救我和妹妹！"

唐文宗想和儿子说话，电话已经挂了。

在一旁的韦礼响和贺磊、唐广也听出了个大概，他们面面相觑，待唐文宗复述电话内容后，他们分析：一定是急红了眼的债主干的，但唐文武欠债的人太多了，会是谁呢？留守在村庄的债主的手下应该不会，肯定不是。唐文宗刚刚也一一见过他们。那么，就是其他债主派人来直接把唐文宗的儿女绑了。那么问题来了，绑人者怎么认得唐文宗的儿子和女儿呢？唐文宗的电话又是谁给的？这两个问题不难解释：一、悄悄打听；二、不排除某个留守村庄的债主的手下使坏，故意把信息泄露给想要债想疯了的人。因为大家的目标一致，揪出唐文武，交给法院执行判决，为此可以不择手段。

韦礼响见唐文宗还傻愣着，说："快报警呀！"

唐文宗拿手机要打，又停住了："不行，一报警，我儿子、女儿的命就没了。"

韦礼响说："我可是提醒你报警了，这是我作为村主任应尽的责任。万一出现更坏的后果，你可别怪我。"

唐文宗看着韦礼响，说："我回家再想想，和老婆商量商量要不要答应绑匪的条件。"

唐文宗一走，除了韦礼响，贺磊和唐广内心是相当振奋的，因为唐文宗的儿子、女儿被绑，唐文宗是一定会把唐文武交出来的，至少，他已经动摇了。只要唐文武被交出来，那么，他们的任务也就完成了。他们振奋的表现是坐下来继续喝酒，放肆地喝。

韦礼响则不然，他心里难受呀，赏金领不到不说，可能还会闹出人命。人命关天，这是容不得发生的事情。酒，他再也喝不下去了。

唐文宗回到家，把情况跟老婆黄爱条一讲，黄爱条立马就说："那还等什么，赶紧把唐文武交出去呀！"

唐文宗犹豫着："可是……"

黄爱条哭哭啼啼说："还可是什么？把唐文武交出去，他又死不了。可是不把唐文武交出去，我们的儿子和女儿，就再也见不着了！"

唐文宗不吭声了。他沉默、软弱，像一坨屎。


# 九

夜深沉。唐家的狗比昨天稍晚，往山洞送来了盒饭。

唐文武打开饭盒，发现饭盒里没有饭菜，也没有汤，只有一张纸条。

纸条上写着：

> 武哥，卫根和红豆被人绑了，求求你，只有你
> 能救他们。文宗、爱条跪拜。

唐文武看了纸条，一下子就明白了。堂弟和弟妹的纸条明显是请求他做出牺牲。这对遭受劫难的夫妻在关键的时候，选择了忘恩负义。没有食物的饭盒无非是逼他出山，自

投罗网，等同于出卖他。然而，他理解堂弟夫妇的行为。事实上没有他们的逼迫，他也决定走出山洞。这些天里，除了倍加想念妻儿，他的脑子里也时常浮现出着堂侄子和堂侄女可爱的模样，以及与他们相处几个月的日子。他还记得他偷偷看到的堂侄女红豆，继哥哥之后写的同题作文：《我的伯伯》——

　　我的伯伯叫唐文武，与我的爸爸唐文宗只有一字之差，但地位和贡献却有很大的差别。首先，伯伯是个大老板，爸爸是个农民。然后，我们现在读书的学校，还有我们全村人所走的路、经过的码头，都是伯伯捐钱修建的，爸爸最多只是出工出力。伯伯胖嘟嘟的，但是非常可爱、可敬、可亲，像个佛。要是伯伯能和我们长期居住就好了……

唐文武微笑着想完与堂侄女、堂侄子发生的事情，然后，他继续微笑着，对狗说："你前面带路，我们走吧。"

狗引领着唐文武离开躲藏了两个月的山洞。

洞外风很大，刺骨的冷，像是凛冬已至，戊戌年提前结束。

# 后　记

从桂西北都安瑶族自治县往东十三公里，再沿红水河顺流而下四十公里，在三级公路的对岸，有一个被竹林和青山环抱的村庄，就是上岭。它是我生命中最亲切的土地，或者摇篮。我十六岁以前的全部生活和记忆，就在这里。对我来说，家乡是我生活过的最净洁的上地，我最纯真的岁月也是在那里度过的。自从我离开了那里，进入都市，我被各种欲望骚扰、引诱、腐蚀，尽管我努力地抵抗——用了四部长篇小说对我的都市生活进行批判和解剖，但我还是觉得我已经不再天真，不再干净了。我要如何才能找到真正的自我？我为什么变成了现在的我？我能变回去吗？而我认为最纯净的家乡这么多年也在变化着，我的村庄生态越来越好，我的乡亲也变得比以前富裕了，但是欢乐却比以前少了很多？这是为什么？我必须重视这个现状，就像审视我自己一样。

2007年的某一天，我回到上岭。此次归来距离我上次的返乡，相隔了十一年。这次的返乡，对我的触动非常的大。我亲切而隔阂的上岭，熟悉而又陌生的乡亲，让我关切和疼痛。从那年以后，我年年回家。其间我还争取到政府十万元钱，给上岭修建了一个码头。殊不知正是因为这十万元的码头，差点造成了众叛亲离的后果，因为我不允许我的亲戚染指这十万元钱，而修建码头的人又没有用好这十万元钱，建起的码头差强人意。我被亲戚抱怨，被村民误解——我大哥和大嫂去给承建码头的包工头打工，一天三十元钱，被别人嘲笑说码头的钱是你弟找的，你却只能在这做苦力。大哥大嫂当即摔掉了扁担。村民因为怀疑修建码头的钱被人贪污，去县里告状，接待的黄副县长问了一句：你们知道凡一平吗？当晚堂弟便打电话给我，质问我黄副县长这句话是什么意思？但是我不做任何解释。我依然年年回乡，依然尽我所能为上岭做事——丙申年我又找了二十万元，新建了一个码头，并找老板赞助了十五杆太阳能路灯。从此我的乡亲过河不再趔趄，晚上即使喝醉了也不怕没人发现。

回乡，只要我回乡，似乎这才是我的乡亲所期盼的。如今，只要在每年的某个重要节点，乡亲们总会看到我坦诚的面孔，而他们回报我的，只有热忱。亲善似乎又出现在我的村庄——也是丙申年，我复旦进修时的同宿舍同学徐颜平来到上岭，因为喝得高兴，回到南宁时才发现手机落在了上岭。这位大商人，非常担心手机里的秘密泄露。第二天，我堂哥骑着摩托车五十公里到县城，再乘班车一百三十公里到南宁，把手机交给徐老板。徐同学迫不及待检查手机、翻阅手机，然后惊叹：上岭没有斯诺登！

是的，我的乡亲个个善良，善良到纵使掌握或唾手可得你天大的秘密，也绝不出卖或勒索你。

但我还是沉重。我沉重的原因是我既往的农村生活和现实的农民命运，总是像磐石一样压迫着我。它压迫了我很多年，无论我是在金光大道的城里还是在纸醉金迷的经历中，它始终是我挣脱不开的梦魇，忽然有一天，我找到了撬开磐石的杠杆和角度，为此我激动不已并且不遗余力。

2013年创作出版的《上岭村的谋杀》，是我正视自己生活的土地的一部长篇小说，它使我获得了一次艺术的跨越和心灵的救赎。我写了一部内容与我以往不同的小说。"心灵的救赎"是指我以往的小说总是背离我成长的土地和河流，我愧对让我无愧的农村生活。而我现在的笔触掉转了方向。我回来了。所以我解放了、得救了。

《上岭村编年史》是我延续"艺术跨越"和"心灵救赎"的又一部长篇小说，它产生的灵感来源于我的一个短篇小说《风水师》。我为这个六千字的小说居然看了数十万字的包括《黄帝宅经》在内的风水书籍，而更多的是思考人生的荒诞和沉浮、人性和命运。这个短篇目前没有收入任何书籍，不妨在此呈现——

# 风水师

桂西北赫赫有名的风水师樊光良来自上岭，是我的初中同学。

我再见这位三十多年不见的同学，是去年九月的一天，我去青盛市签售我的新书《天等山》。我在签售现场埋头签了大约一百本的时候，一张写有读者姓名的纸条及书本递到我的面前。我看着纸条上的姓名愣了一下，"樊光良"像一条生猛的蜈蚣，突然爬行在我的眼里。我急忙抬头一看，一个留着山羊胡子的男人站在我面前。他身体肥壮，因为我坐着，他还显得特别的高大。唐装穿在他的身上，至少有七排以上的扣子，像凌空的蝴蝶或吊起的猪的奶子，跃入我的眼帘。他目光如炬，热烈地看着我。这真是我的初中同学吗？还是同名同姓的陌生人？我等他开口说话，以便确认真伪。他憋了一会儿，果然说：凡一平，你真的认不出我了么？我是你同学樊光良呀！我马上说认得。并立即站了起来，一手拍过去，因为我比他矮，只拍到了他的臂膀，但热情度是够了。然后我坐下来，在书的扉页签上"光良同学惠存"。我双手捧着书递给他，他双手接过，情形就像递交国书一样，庄重和友好。

签售活动结束，我发现光良同学仍然在附近，默默读我的书，想必也是在等我。我谢绝活动举办方的宴请，向我的同学走去，对他说：我们喝酒去。

　　我的同学既不喝酒，也不抽烟，甚至也不怎么吃肉。我看着辜负美酒佳肴的同学，纳闷地说不吃肉，你怎么也能胖成这样？光良同学回答，我不喝酒吃肉，是因为干我这一行有戒律。我胖，是因为我心情好，心宽自然体胖。我说你现在从事的是哪一行？他吃惊地看着我，说我干什么你不知道？看来隔行如隔山呀，还真是。我在业界还是比较有名的，不次于你在文学界的名声。你这次来签名售书，市长来见你了吗？我说青盛市没有。他说青盛市市长，我是他的座上客，或者说密友。我半信半疑地说是吗？言外之意是何以见得？凭什么？

　　我是一名风水师，他说，言外之意是他之所以成为市长的座上客或密友，风水师的职业是原因。

　　在我好奇的要求下，并且几乎是在我发了毒誓绝不泄密、出卖的承诺后，光良同学相信了我，讲了他和青盛市市长的故事——

　　准确地说，市长前面得加个副字，如果还要加，姓胡名刚。

　　胡刚副市长任现职才两个月。他和多数履新的领导不同，别人带秘书或司机，他带的却是风水师。

　　这风水师便是樊光良。他跟随胡刚已经有六年之久了。

　　樊光良被胡刚发现和起用，是在六年前一个炎热的夏天。

　　那个夏天对刚升任化安县副县长的胡刚来说，是非常火旺而又焦躁的日子。火旺的理由是全县二十二个乡镇的书记，唯独他得到了升迁。这情形就像竹筒里的一把竹签，众多的人去摇、去抽，只有他抽到了上上签一样。他兴高采烈地去上任。但很快，他便焦躁不安、如履薄冰，原因是他分管的是城建。分管城建对其他地方的领导或许是个美差，对胡刚却不是。化安县的城建是老大难，是一根难啃的骨头，或者说是一块攻不破的阵地。城建的首要难题是拆迁。化安城的居民太顽固了，无论怎样好说歹说，威逼利诱，就是金口不松，寸步不让。拿屏北街的老房子改造工程项目来说，在胡刚上任时已经进行了三年，如今毫无改变。如果说有改变，就是胡刚的前任郝刚，这位分管城建的副县长，因为在拆迁的事情上出了差错，被免了职——他千不该万不该，采取了强拆的手段。而且钩机刚开进屏北街，便死了人。一位身残厌世的老奶奶猝不及防滚到了钩机履带下面，用生命阻挡了拆迁的进程，也断送了郝刚的仕途。"好钢都不怕，糊钢算个毛！"屏北街的居民是这样认为的。全街居民漫不经心却众志成城，严阵以待郝刚的继任者胡刚。

胡刚必须找到强拆之外的拆迁办法。

胡刚在高考落榜那年曾经测过智商，是113，比正常人的智商值90～110还高出三个点，可为什么考不上大学呢？家里人认为是屋子风水不好，请来风水师一看，果然有问题。风水师说胡家面对的是一座突兀、尖锐的山，犯了箭煞。要让子孙后代时来运转、兴旺发达，必须迁移。信以为真的父母立刻砸锅卖铁，拿出做牛做马攒下的一点钱，同时四处借债，准备在风水师认可的一个地方买地建房。心疼父母的胡刚请求双亲暂缓建房，说请让他再考一次，如果一年后还考不上，再建房移居不迟。他不相信他考不上大学是风水的原因，因为他知道原因，是早恋让他名落孙山。说是早恋其实也不准确，而是暗恋。他暗恋校长的女儿想表白又不敢表白，那真是一件费心费时的事情，就像刚登上开动的长途汽车就开始憋着屎尿一样，最后的结果肯定是一塌糊涂。对早恋悔不当初的胡刚心无旁骛复习了一年，考上了大学。他用自己的努力和成功，为父母保住了数万元血汗钱，并证明了风水师关于胡家犯煞的说法是谎言。

多年以后的现在，凭自己的努力和能力当上副县长的胡刚，却鬼使神差般想起了那名失算的风水师。在他为拆迁的工作焦头烂额的时刻，风水师忽然在他的脑中闪现，犹如遇到创作瓶颈的作家来了灵感，既激动又茅塞顿开。他借故父亲病重请假回家探视，见到仍然健步如飞、琴瑟和谐的父母。他拦住驱赶羊群的父亲，请父亲去找当年那名风水师，把他请来。父亲纳闷地看着刚当上副县长的儿子，却清楚地说儿呀，官当到这个份上，已经可以了，莫要不知足。儿子对父亲说阿爸，我这个官难当啊，眼看就保不住了，只有风水师或许能帮我保官。父亲说你当年不是不迷信风水吗？儿子说此一时彼一时。你快去吧！

替换父亲放羊的胡刚从山坡上望见父亲领来了一个人，

他把羊留在山上，独自回了家。

风水师的长相跟当年一模一样，二十多年过去，丝毫没有老，甚至更年轻。父亲解释说这是樊师傅的儿子，接班人。胡刚看着嘴上无毛的风水师，问小樊师傅，老樊师傅呢？小樊师傅说去年已经离世了。我叫樊光良。父亲见儿子失望，补充说光良师傅风头正劲呢，人又聪明，请他的人排着队，要不说是你请，他还不来呢。樊光良在旁边点头，说我父亲活着的时候提过你们家和你。胡刚说他怎么说？樊光良说，他说光良，总有一天，胡家还会需要我们，不是来找我，就是找你。胡刚一愣，对父母使了个眼色，示意他们走开。他对高他一头的风水师说，光良师傅，我们聊一聊。

胡刚和风水师的聊天进行了很久。胡父把散开的羊拢齐，赶回羊圈，他们还在聊。到底在聊什么？在什么问题上不能达成一致呢？

日暮时分，胡刚和风水师走出家门。胡刚回头对风水师做了个抱拳的动作，说光良师傅，告辞了。记住，胡子一留起来，便来找我。

儿子公务在身匆匆离去，留下的却是风水师。胡刚的父亲在餐桌边看着沉思默想的风水师，问光良师傅，你们都聊了些什么？

光良师傅很久才有反应，答道：我被你儿子俘虏了。

屏北街这段时间以来，经常出现一位身着唐装的留着山羊胡须的男人。他走街串巷，在家家户户门前屋后，对四面八方进行测绘和勘察。他的行为和动作与之前来测绘勘察的人有很大的不同。第一是器材不同，之前的人操作的是架在三脚架上的仪器，像摄像机或轻机枪，还有线连着电脑。现在的这个人可简单多了，就是一个罗盘，捧在胸腹前，主要凭肉眼测定和观察。而且形单影只，却似乎有恃无恐，这是第二个不同。再笨的屏北街人都能认出来，一种人是工程测绘人员，另一种人是风水师。

风水师这个时候在屏北街的出现，开始是十分受居民欢迎的。饱受政府政策、法律围攻的屏北街居民貌似坚挺，其实已经不堪一击。在这脆弱的时刻，他们特别需要风水师的支持。因为他们笃信，屏北街的风水是一流的。据统计，一百年来，屏北街出七品以上官员九十七名，其中六品十九人，五品十人，最大的达到四品一人。商人富贾、大学教授、大学生、记者、上过中央台的电视剧演员，那是数不胜数。风水宝地呀，岂可破坏？这便是屏北街居民拒绝拆迁改造的根本原因。所以，风水师的到来，不管他来自何方，都像是及时雨，浇灌他们再振屏北街雄风的渴望，或像是一根顶梁柱，支撑他们濒临坍塌的精神家园。风水师所到之处，被家家户户、老老少少奉为上宾、视若神明。

然而不久，屏北街居民失望了。他们不仅没能从风水师那里获得需要的支持，反而深受破坏和打击。就是说风水师没有雪中送炭，而是雪上加霜。

风水师给屏北街下的结论是：这条街风水多处犯煞，凶多吉少。

屏北街居民不服：屏北街兴旺了一百多年，多少人从这里飞黄腾达，风水好得很。你会不会看风水呀？

风水师不卑不亢，说这条街的风水确实好过，但现在变了。天地变幻，合乎天理。既然有变幻，荣华富贵，怎么能长久呢？正所谓风水轮流转，三十年河东三十年河西。首先，屏北街周边被高楼包围，如落虎口。街口有数条笔直的路冲过来，一条直路是一条枪，犯了枪煞，居住这里的人，容易有血光之灾。第二，街西边和东边有高桥，有桥有大凶，这是白虎探头，犯交箭煞，子子孙孙将受煎熬。还有街的南北，都被大路所冲，这叫撞背，古称"一箭穿心煞"，前冲是明枪，后冲为暗箭，当官不到头，经商的人非奸即恶，最终一败涂地。

屏北街居民觉得有些道理，但还是不服：哪有这么严重？

风水师继续说我测算了一下，这五年以来，这条街凶死的人，比如出车祸、被人打死、杀死人被毙，不少于二十人，有没有？

屏北街居民仔细想和算，承认有。

当官落马坐牢的，不少于十人，有没有？

屏北街居民又承认了。

先发财后没落的，三十户左右，有没有？

屏北街居民急了，询问怎么化煞？

风水师捋着胡须，摇摇头。化不了。路是政府的路，桥也是政府建的，四周林立的高楼，谁改得了？谁敢拆？而且，这煞气已经越来越重，像屋漏偏逢连夜雨，像年迈的人中了邪，像瞎眼的人走到悬崖边……

风水师义正词严，铁面无私、无情，像断案的包公。

话毕，风水师忽然没了踪影，像神一样消失了。

屏北街居民彻底乱了阵脚，崩溃了。开始有人和政府签了自愿拆迁协议，领了补偿金。一户动摇投降了，便会有第二户，像多米诺骨牌，呼啦啦一一倒下，直至最后。

胡刚首战告捷。前任副县长三年做不成的事情，他三个月便建立奇功。众官赞叹，纷纷来请教取经。胡刚秘而不宣，只是说就是走心。怎么走心法？因人而异、因地制宜。

两年后，屏北街旧房改造竣工。老居民大多不愿意回迁，却涌进了很多新居民。总之是皆大欢喜。整个过程自胡刚上任后，无一封告状信。

胡刚政绩突出，自然得上级组织赏识，官升一级，升任东山县县长。

东山县的城建比化安县更加艰难，旧房改造搬迁问题与屏北街如出一辙，且乱搭乱建十分严重，迫切需要有办法的执政者。这或许才是组织上派胡刚去东山当县长的原因。

上任伊始，胡刚自然带上风水师樊光良。当然，是秘密地随行。

公开的场合，胡刚和光良师傅是绝不碰面的。私下里，他们更多也是电话联系。需要的时候，胡刚提供情报并发指示，光良师傅便从租住的房屋出发，有时候是从外地赶来，前往指定的街巷勘察和宣讲风水。在化安县和东山县都是如此。至于开支和报酬，自然是胡刚个人负责，公家账册是万万不能出现这笔开支的。其实也花不了多少钱，在化安县是四千，先付两千，事成之后再付两千。到了东山县，胡刚给光良师傅的报酬提高到了五千，也是先付一半，事成之后再付另一半。

光良师傅谨小缜密而又雷厉风行。他游走在破旧或混乱的街巷，面对的是顽固和刁钻的居民。唐装和山羊胡须是风水师的象征，罗盘是风水师的宝剑，是用来发招的武器。手持利器的风水师樊光良所向披靡，攻无不克战无不胜，为胡刚再立新功。

胡刚在东山县当了四年县长，县城以及乡镇面貌焕然一新，被老百姓交口称赞，更得同级、上级官员的艳羡和好评。

这不，胡刚又提拔了，升任青盛市副市长，分管城建。

如鱼得水的胡刚履新之初，与风水师有过一次谈话。这次是面谈。那是在青盛市一个发臭的池塘边。因为发臭，所以池塘人迹罕至。两人像地下工作者在那里会面，戴着口罩和墨镜。他们背对背，却心心相印。胡刚说光良师傅，我这些年来在仕途上顺风顺水，离不开你的功劳。感谢的话我就不说了，因为大恩不言谢。我今天约你来，只是想谈谈下一步该怎么走、怎么做。因为青盛市的情况和化安县、东山县不同。青盛市很大，人口密集，市民的素质比较高，对钉子户的工作，光靠宣讲风水可能已经不行了。我的意思是，什么犯煞之类的宣讲内容太简单了，因为大城市居民是不大在乎风水的，规划是板上钉钉的，也讲究不了。钉子户的条件和要求无非是多得离谱的补偿，而这又是政策不允许的。强拆又不是我的选项，柔性的风水策略肯定行不通。那么……

胡市长的意思我听明白了，风水师说，你已经不需要我了。

不是不是，胡刚说，他转过身来，你误会了，我的意思是，你还有没有更绝的招？风水以外的？

我是风水师。我只懂风水。风水师说。

你还懂人心，胡刚说。

风水师为这句话转过身来。两人变成面对面，一个看着一个。

风水师想起六年前与胡刚第一次见面时的谈话，至今记忆犹新。当胡刚要求风水师为己所用的时候，风水师是拒绝的。我们风水师有风水师的戒律，或者说法则，风水师说，那就是遵守天地的规律，如果违背规律去宣讲风水，是不可以的。胡刚说风水师看风水为的是什么？风水师说社稷民生。很好，胡刚说，我现在利用你，为的正是社稷民生。我现在抓的项目是一条老街的旧房改造，涉及二百多户近万居民，但是他们都不愿意搬迁。如果他们继续拒绝搬迁，有两种结果，最终被强拆，或继续居住下去直至彻底破败。这都是我不想要的结果。但是如果你肯配合帮忙，使得居民们自愿搬迁，避免官民仇怨，避免冲突流血。然后改造工程顺利完成，居民们得以回迁，住进规整、宽敞的街道和房子，安居乐业。是不是有益于社稷民生？风水师看着冠冕堂皇的胡刚，说也有益于你的仕途。胡刚打了一个寒战，像是阴风透彻到心。两全其美，有什么不好？他说。我答应你，风水师说，为我父亲当年的一个错误。他没有看准你们胡家的风水。你父亲为什么说以后我必会来找他？或者找你？胡刚说。我不知道，风水师说，也许他懂人，懂得人心。胡刚说你也懂得人心，因为你是他儿子。

六年前的一句话，胡刚此刻又当面说了一遍。风水师觉得这话就像一把剑，又刺了他一次。他不得不接受这把剑的挑战。

我倒是有一招，风水师说，但需要政府付出一定的代价。

什么招？

我观察了一下，那个需要拆迁改造的片区，从风水学的角度，是十分不错的，宝地一块，不然政府也不会拍出那么高的价格，也因此你才觉得我这个风水师已经无能为力，风水师说，但是，风水也是可以人为地制造，利人或者害人。看你想要哪一个？

胡刚摘下口罩和墨镜。你说呢？还用说吗？

那好，风水师说，其一，在计划拆迁的楼房的顶部，建一座发射塔，电视的、移动的、联通的，都可以，越高越好。因为发射塔有辐射，会影响健康。其二，允许附近的中小学校，每天播音的分贝放到最高。因为噪声影响运气。其三，启发周边的商场、机关架炮、安狮子或修起蛇形的盾牌，对准或面向要拆迁的区域。因为风水上有"呼形喝象"的说法，架设方可以旺己而衰败对方的荣华富贵。如果做到这些，那么被拆迁区域的房价就会下跌，钉子户自然而然就会动摇，拆迁的问题便会迎刃而解。当然，这些损人的措施和设施在完成拆迁之后，必须要禁止和拆除。能做到吗？

胡刚不马上说能，也不说不能。他在池塘边跳来跳去、击拳踢脚，嘴里啊呀叫喊着，像一名亢奋的诗人。

告辞！风水师一边作揖一边说。

胡刚拉住了扭头就走的风水师。只一会儿，他便松开了手，让风水师自由。

风水师讲的后面的故事，就发生在昨天。他是今天准备去火车站返乡的时候，遇到了我。他经过青盛市的书城，看到我签名售书的海报。他想确认我是不是那个和他打过架、偷过书的初中同学。他开始也不相信那就是我，就像我开始也不相信我这位低劣的同学后来成为著名的风水师一样。

我们在这座生机勃勃的城市一个简陋的餐馆里，时不时望着窗外。窗外是还没有雾霾的天气，以及光怪陆离的楼群。过往的人们奔波忙碌，像急于归向大海的河流。

我们也时不时说些有意思的话。

比如，我说同学，你当了这么多年的风水师，能不能简明扼要地概括一下，什么是风水？

樊光良说我不能。但是我父亲也是我的师傅生前告诉我，风水在天地间，风水也在每个人的身上。

我琢磨着。

我父亲临死前还告诉我，樊光良又说，风水不能挽救一种东西，那就是寿命。

我同意。

2017年1月17日 完稿于南宁尚城街区

2017年2月6日 修改于当然堂

《风水师》写完了，我把它投出去，发表在《广西文学》2017年第4期。正值四月清明，我携这本杂志回上岭扫墓。我顽皮的孙辈们从我的包里翻出了这本杂志，连同糖果饼干一起拿走了。这本杂志传来传去，居然传到了樊光良的手上。四月的最后一天夜里，我突然接到樊光良的电话。他在电话里跟我说：你对我的虚构太多了，我哪懂那么多风水呀。其实真正的风水师是你。如果你能把上岭村的人都写个遍，我更服你！

樊光良的话，像巫师的蛊惑，怂恿我，也像神灵的昭示，指导我。我当即坐到电脑椅上，打开电脑，飞快地写下了小说的第一节。我一发不可收拾，从五月一日凌晨，到七月四日，我居然写了一部长篇小说？！而且其间我出差、开会、打牌、醉酒，至少耗去一个月。对我这样一个愚笨的作家来说，从速度上就是一件不可思议的事情，纯粹打字也比这多不了多少。何况，我对我这部小说的感觉相当满意。这是我的第七部长篇小说。在我写完第五部长篇小说的时候，我觉得我不会再写了。可我居然又有了第六部、第七部，这多余的两部是谁送我的？是谁在操纵我的手，让我继续写上岭，一定写上岭？而且戊戌年尚未到来，故事却已经发生。这是为什么？

既然这样，那索性让我写得更多、更超前吧。

丁酉年 丙午月 癸巳日 于当然堂